雅舍談吃

梁實秋

推薦序：

品高雅的味中味

朱振藩

飲食散文要寫得好，首在有趣。這個趣字，不光只是博人一哂、妙語如珠，而且要意味雋永、逸興遄飛，甚至能雅致盎然，有高人風致。準此以觀，梁實秋的生花妙筆，不愧當代第一把手，同時放眼古今中外，亦鮮有能出其右者。

我一直認為要知食物之味，必先具備「愛吃、能吃、敢吃」這三個先天條件，始克達到「懂吃」這一最高境界。就梁實秋的飲食史來看，絕對符合以上的因素，終成一代方家。即以愛吃而言，他在《雅舍談吃》裡提到：「記得從前在外留學時，想吃的家鄉菜以爆肚兒為第一。後來回到北平，……步行到煤市街致美齋獨自小酌，一口氣叫了三個爆肚兒，鹽爆油爆湯爆，吃得我牙根清痠。」顯然梁老之量匪淺，他又再點「一個清油餅一碗燴兩雞絲」，結果「酒足飯飽，大搖大擺還家」。日後回想起來，此一「生平快意之餐」，居然「隔五十餘年猶不能忘」。信手拈來，餘韻無窮，看了令人垂涎欲滴。

梁老亦指出：「一飲一啄，莫非前定」。關於此點，梁老可是口福無限，好到讓人豔羨不置。他的父親曾在北平開設以河南菜聞名的「厚德福飯莊」。該店以名菜「鐵鍋蛋」發家，菜色向以做工精細、味道純正、不落俗套、特色鮮明著稱。即使店甚偪仄、陳舊，但因菜肴太可口了，故昔時「一些闊官顯者頗多不惜紆尊降貴」，來到這裡，只為「一朵快頤」。梁老生長於斯，自然遍嚐珍饌。書中提到自家的菜品，除鐵鍋蛋外，尚有瓦塊魚、核桃腰、羅漢豆腐等。其實，「厚德福」的名菜，如兩做魚、紅燒淡菜、黃猴天梯、酥魚、風乾雞、魷魚卷、酥海帶等，皆膾炙人口。且所製「月餅有棗泥、豆沙、玫瑰、火腿，味極佳，且能致遠」。在此等環境孕育下，懂吃自在情理之中。

書中亦載其所嗜南北珍味及母親擅製的魚丸、核桃酪等，娓娓道來，亦莊亦諧，弛張有致，文雅有趣。即令捧讀再三，仍流連而忘返。縱使梁老自稱他所寫的吃，只是「偶因懷鄉，談美味以寄興；聊為快意，過屠門而大嚼」，正因有所寄託，更能扣人心弦，情深意摯，含蘊不盡。

又，梁實秋的元配程季淑，是個「入廚好手」。抗戰勝利後，曾在北平學過烹飪，然後研究、實踐，能燒無數好菜。據其旅居美國的女兒文薔透露：「我們的家庭生活樂趣很大一部分是『吃』。媽媽一生的心血勞力也多半花在『吃』上。……我們飯後，坐在客廳，喝茶閒聊，話題多半是『吃』。先說當天的菜肴，有何得失。再談改進之道。繼而抱怨菜場貨色不全。然後懷念故都的地道做法如何如何。最後浩嘆一聲，陷於綿綿的一縷鄉思。」

長久處在此氛圍下，梁實秋這位在梁小姐口中戲稱的「美食理論家」，終於在年居八十高齡時，奮筆為文，完成《雅舍談吃》一書。通書以食材為篇名，或葷或素，旁及點心和調味料；味兼南北，亦涉海外；同時高檔菜與家常菜並存。信筆揮灑，無不佳妙。我特別欣賞他的筆火功深，精妙絕倫。常將本書置諸案右，得空拜讀，一樂事也。

事實上，梁老的口福尚不止此。自娶韓菁清女士續絃後，依舊食指頻動，天天有好湯喝。原來每晚臨睡前，菁清都會用電鍋燉一鍋雞湯，或添牛尾、蹄膀、排骨、牛筋、牛腩，再加點白菜、冬菇、包心菜、蝦米、鞭尖之屬。為的是讓梁實秋第二天的清晨和中午，「都有香濃可口的佳肴」。齒頰留香，好不幸福，難怪琴瑟和鳴，恩愛彌篤逾恆。

梁實秋飲食小品固然高雅出眾，饒富興味，但他的本質，還是個饞人，曾撰文指出：饞所著重的，在「食物的質，最需要滿足的是品味。上天生人，在他嘴裡安放一條舌，舌上還有無數的味蕾，教人焉得不饞？饞，基於生理的要求，也可以發展成為近於藝術的趣味」。此與幽默大師林語堂所講的：「我們需要認真對待的問題，不是宗教，也不是學問，而以吃為首，除非我們老老實實地對待這個問題，否則永遠也不可能把吃和烹飪，提高到藝術的境界。」實有異曲同工之妙，足發吾人深省，進而懂得品味。

《雅舍談吃》一書中，關於烹飪及品味者，俯拾皆是。前者有獅子頭、菜包、白肉、薄餅等，巨細靡遺，可學而優再親炙，俾益親友，兼及眾生。後者則有紅燒大烏、鐵鍋蛋、芙蓉雞片、湯包等，在大快朵頤之後，能品出其精微之處，昇華人生況味。總之，它既實用又有趣，更可把飲食這一小道，提升至美學高度，豐富大家的生活，姑不論是物質面或精神層次。

（朱振藩先生，美食家，喜歡品嘗美食，研究飲食文化，著有《點食成經》、《食家列傳》、《食隨知味》、《食在凡間》等書多部）。

目錄（一九八五年初版）

增訂篇（二〇〇九年版）

自序：談美味以寄興

這些談吃的文字，前二十一段刊於《聯合報》副刊，以後各段刊於《中華日報》副刊。隨便談談，既無章法，亦無次序，想到什麼就寫什麼。我不是烹調專家，我只是「天橋的把式——淨說不練」。遊蹤不廣，所知有限，所以文字內容自覺十分寒傖。大概天下嘴饞的人不少，文字刊布，隨時有人賜教，有一位先生問我：「您為什麼對於飲食特有研究？」這一問問得我好生惶恐。我幾曾有過研究？我據實回答說：「只因我連續吃了八十多年，沒間斷。」

人吃，是為了活著；人活著，不是為了吃。所以孟子說：「飲食之人，則人賤之矣，為其養小以失大也。」專恣口腹之欲，因小而失大，所以被人輕視。但是賢者識其大，不賢者識其小，這個「小」不是絕對不可以談的。只是不要僅僅成為「飲食之人」就好。

《朱子語錄》：「問：『飲食之間，孰為天理，孰為人欲？』曰：『飲食者，天理也；要求美味，人欲也。學者須是革盡人欲，復盡天理，方始是學。』」我的想法異於是。我以為要求美味固是人欲，然而何曾有背於天理？如果天理不包括美味的要求在內，上天生人，在舌頭上為什麼要生那麼多的味蕾？

偶因懷鄉，談美味以寄興；聊為快意，過屠門而大嚼。

梁實秋

七十三年九月十一日
甲子中秋在臺北

西施舌

郁達夫一九三六年有〈飲食男女在福州〉一文，記西施舌云：

《閩小記》裡所説西施舌，不知道是否指蚌肉而言，色白而腴，味脆且鮮，以雞湯煮得適宜，長圓的蚌肉，實在是色香味形俱佳的神品。

案《閩小記》是清初周亮工宦遊閩垣時所作的筆記。西施舌屬於貝類，似蟶而小，似蛤而長，並不是蚌。產淺海泥沙中，故一名沙蛤。其殼約長十五公分，作長橢圓形，水管特長而色白，常伸出殼外，其狀如舌，故名西施舌。

初到閩省的人，嘗到西施舌，莫不驚爲美味。其實西施舌並不限於閩省一地。以我所知，自津沽青島以至閩臺，凡淺海中皆產之。

清張燾《津門雜記》錄詩一首詠西施舌：

順興樓

一九三〇年，梁實秋應青島大學校長楊振聲之邀，任外文系主任兼圖書館館長。楊振聲是山東人，性格豪爽，豪於酒，他在校中糾合了聞一多、梁實秋、趙太侔、陳季超、劉康甫、鄧仲存和方令孺，湊成酒中八仙，常至順興樓聚飲。當時任教山東大學的臺靜農等也常來。一九三五年，老舍、洪深等十二人組織文藝周刊，每週聚會討論稿件，多半也在順興樓。

燈火樓臺一望開，
放懷那惜倒金罍，
朝來飽啖西施舌，
不負津門鼓棹來。

詩不見佳，但亦可見他的興致不淺。

我第一次吃西施舌是在青島順興樓席上，一大碗清湯，浮著一層尖尖的白白的東西，初不知爲何物，主人曰是乃西施舌，含在口中有滑嫩柔軟的感覺，嘗試之下果然名不虛傳，但覺未免唐突西施。高湯汆西施舌，蓋僅取其舌狀之水管部分。若郁達夫所謂「長圓的蚌肉」，顯係整個的西施舌之軟體全入釜中。現下臺灣海鮮店所烹製之西施舌即是整個一塊塊軟肉上桌，較之專取舌部，其精粗之差不可以道里計。郁氏盛譽西施舌之「色香味形」，整個的西施舌則形實不雅，豈不有負其名？

火腿

從前北方人不懂吃火腿，嫌火腿有一股陳腐的油膩澀味，也許是不善處理，把「滴油」一部分未加削裁就吃下去了，當然會吃得舌橋不能下，好像舌頭要黏住上膛一樣。有些北方人見了火腿就發怵，總覺得沒有清醬肉爽口。後來許多北方人也能欣賞火腿，不過火腿究竟是南貨，在北方不是頂流行的食物。道地的北方餐館作菜配料，絕無使用火腿，永遠是清醬肉。事實上，清醬肉也的確很好，我每次作江南遊總是攜帶幾方清醬肉，分餽親友，無不讚美。只是清醬肉要輸火腿特有的一段香。

火腿的歷史且不去談他。也許是宋朝大破金兵的宗澤於無意中所發明。宗澤是義烏人，在金華之東。所以直到如今，凡火腿必曰金華火腿。東陽縣亦在金華附近，《東陽縣志》云：「薰蹄，俗謂火腿，其實煙薰，非火也。醃晒薰將如法者，果勝常品，以所醃之鹽必臺鹽，所薰之煙必松煙，氣香烈而善入，製之及時如法，故久而彌旨。」火腿製作方法亦不必細究，總之手續及材料必定很有考究。東陽上蔣村蔣氏一族大部分以製火腿爲業，故「蔣腿」特爲著名。金華本地常不能吃到好的火腿，上品均已行銷各地。

我在上海時，每經大馬路，輒至天福市得熟火腿四角錢，店員以利刃切成薄片，瘦肉鮮明似火，肥肉依稀透明，佐酒下飯爲無上妙品。至今思之猶有餘香。

民國十五年冬，某日吳梅先生宴東南大學同仁於南京北萬全，予亦叨陪。席間上清蒸火腿一色，盛以高邊大瓷盤，取火腿最精部分，切成半寸見方高寸許之小塊，二三十塊矗立於盤中，純由醇釀花雕蒸至熟透，味之鮮美無與倫比。先生微酡，擊案高歌，盛會難忘，於今已有半個世紀有餘。

抗戰時，某日張道藩先生召飲於重慶之留春隖。留春隖是雲南館子。雲南的食物產品，無論是蘿蔔或是白菜都異常碩大，豬腿亦不例外。故雲腿通常均較金華火腿爲壯觀，脂多肉厚，雖香味稍遜，但是做叉燒火腿則特別出色。留春隖的叉燒火腿，大厚片烤熟夾麵包，豐腴適口，較湖南館子的蜜汁火腿似乎猶勝一籌。

臺灣氣候太熱，不適於製作火腿，但有不少人仿製，結果不是粗製濫造，便是醃晒不足急於發售，帶有死屍味；幸而無屍臭，亦是一味死鹹，與「家鄉肉」無殊。逢年過節，常收到禮物，火腿是其中一色。即使可以食用，其中那根大骨頭很難剔除，運斤猛斫，可能砍得稀巴爛而骨尚未斷，我一見火腿便覺束手無策，廉價出售不失爲一辦法，否則只好央由菁清持往熟識商店請求代爲肢解。

有人告訴我，整隻火腿煮熟是有訣竅的。法以整隻火腿浸泡水中三數日，每日換水一二次，然後刮磨表面油漬，然後用鑿子挖出其中的骨頭（這層手續不易），然後用麻繩緊緊綑綁，下鍋煮沸二十分鐘，然後以微火煮兩小時，然後再大火煮沸，取出冷卻，即可食用。像這樣繁複的手續，我們哪得工夫？不如買現成的火腿吃（臺北有兩家上海店可以買到），如果買不到，乾脆不吃。

有一次得到一隻眞的金華火腿，瘦小堅硬，大概是收藏有年。菁清持往熟識商肆，老闆奏刀，砉的一聲，劈成兩截。他怔住了，鼻孔翕張，好像是嗅到了異味，驚叫：「這是道地的金華火腿，數十年不聞此味矣！」他嗅了又嗅不忍釋手，他要求把爪尖送給他，結果連蹄帶爪都送給他了。他說回家去要好好燉一鍋湯吃。

美國的火腿，所謂ham，不是不好吃，是另一種東西。如果是現烤出來的大塊火腿，表皮上烤出鳳梨似的斜方格，趁熱切大薄片而食之，亦頗可口，惟不可與金華火腿同日而語。「佛琴尼亞火腿」則又是一種貨色，色香味均略近似金華火腿，去骨者尤佳，常居海外的遊子，得此聊勝於無。

醋溜魚

清梁晉竹《兩般秋雨盦隨筆》：

西湖醋溜魚，相傳是宋五嫂遺製，近則工料簡濇，直不見其佳處。然名留刀匕，四遠皆知。番禺方橡枰孝廉恆泰〈西湖詞〉云：

小泊湖邊五柳居，
當筵舉網得鮮魚，
味酸最愛銀刀鱠，
河鯉河魴總不如。

梁晉竹是清道光時人，距今不到二百年，他已感歎當時的西湖醋溜魚之徒有虛名。宋五嫂的手藝，吾固不得而知，但是七十年前侍先君遊杭，在樓外樓

樓外樓

樓外樓菜館，始建年代有清道光、同治、光緒三說，一般多認為道光二十八年（一八四八年）一說比較可靠。創始人洪瑞堂為從紹興來杭州謀生的落第文人，從南宋詩人林升「山外青山樓外樓」詩句得名。樓外樓坐落在西湖的孤山腳下，與西湖的美景為鄰。由於店主人善於經營，烹制一手以湖鮮為主的好菜，重視與文人交往，名聲逐漸遠播。光顧過的名人有章太炎、魯迅、郁達夫、蔣介石、陳立夫等。

嘗到的醋溜魚，仍驚歎其鮮美，嗣後每過西湖輒登樓一膏饞胳。樓在湖邊，憑窗可見巨簍繫小舟，簍中畜魚待烹，固不必舉網得魚。普通選用青魚，即草魚，魚長不過尺，重不逾半斤，宰割收拾過後沃以沸湯，熟即起鍋，勾芡調汁，澆在魚上，即可上桌。

醋溜魚當然是汁裡加醋，但不宜加多，可以加少許醬油，亦不能多加。汁不要多，也不要濃，更不要油，要清清淡淡，微微透明。上面可以略撒薑末，不可加蔥絲，更絕對不可加糖。如此方能保持現殺活魚之原味。

現時一般餐廳，多標榜西湖醋溜魚，與原來風味相去甚遠。往往是濃汁滿溢，大量加糖，無復清淡之致。

烤羊肉

北平中秋以後，螃蟹正肥，烤羊肉亦一同上市。口外的羊肥，而少羶味，是北平人主要的食用肉之一。不知何故很多人家根本不吃牛肉，我家裡就牛肉不曾進過門。說起烤肉就是烤羊肉。南方人吃的紅燒羊肉，是山羊肉，有羶氣，肉瘦，連皮吃，北方人覺得是怪事，因爲北方的羊皮留著做皮襖，捨不得吃。

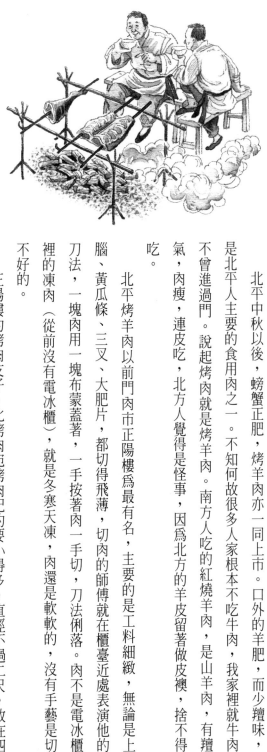

北平烤羊肉以前門肉市正陽樓爲最有名，主要的是工料細緻，無論是上腦、黃瓜條、三叉、大肥片，都切得飛薄，切肉的師傅就在櫃臺近處表演他的刀法，一塊肉用一塊布蒙蓋著，一手按著肉一手切，刀法俐落。肉不是電冰櫃裡的凍肉（從前沒有電冰櫃），就是冬寒天凍，肉還是軟軟的，沒有手藝是切不好的。

正陽樓的烤肉支子，比烤肉宛烤肉紀的要小得多，直徑不過二尺，放在四張八仙桌子上，都是擺在小院裡，四圍是四把條凳。三五個一夥圍著一個桌子，抬起一條腿踩在條凳上，邊烤邊飲邊吃邊說笑，這是標準的吃烤肉的架式。不像烤肉宛那樣的大支子，十幾條大漢在熊熊烈火周圍，一面烤肉一面烤人。女客喜歡到正陽樓吃烤肉，地方比較文靜一些，不願意露天自己烤，夥計們可以烤好送進房裡來。烤肉用的不是炭，不是柴，是燒過除煙的松樹枝子，所以帶有特殊香氣。烤肉不需多少佐料，有大蔥芫荽醬油就行。

正陽樓的燒餅是一絕，薄薄的兩層皮，一面黏芝麻，打開來會冒一股滾燙的熱氣，中間可以塞進一大箸子烤肉，咬上去，軟。普通的芝麻醬燒餅不對勁，中間有芯子，太厚實，夾不了多少肉。

我在青島住了四年，想起北平烤羊肉饞涎欲滴。可巧厚德福飯莊從北平運來大批冷凍羊肉片，我靈機一動，託人在北平爲我定製了一具烤肉支子。支子有一定的規格尺度，不是外行人可以隨便製造的。我的支子運來之後，大讌賓客，命兒輩到寓所後山拾松塔盈筐，敷在炭上，松香濃郁。烤肉佐以濰縣特產大蔥，眞如錦上添花，蔥白粗如甘蔗，斜切成片，細嫩而甜。吃得皆大歡喜。

提起濰縣大蔥，又有一事難忘。我的同學張心一是一位畸人，他的夫人是江蘇人，家中禁食蔥蒜，而心一是甘肅人，極嗜蔥蒜。他有一次過青島，我邀

正陽樓

正陽樓飯館約於清道光二十三年（一八四三年），由山東孫學仁創辦，清末改由堂弟孫學士經營，取名「正陽樓」是借正陽門之名，也是取買賣興旺，像正午太陽一樣長盛不衰。除各種山東風味菜俱佳，螃蟹和涮羊肉最具特色。每年秋天派專人去天津附近盛產螃蟹的盛芳選購，運回北京，先養兩天，待雜物吐出，用清水洗過，放入大籠中蒸熟，更為了方便食客，特別準備各項工具。四十年代涮羊肉大受歡迎，在永定門專設有羊圈，因刀工好，佐料全，風味獨樹一幟。軍政界要人袁世凱、黎元洪、段祺瑞等都是常客。

他家中便飯，他要求大蔥一盤，別無所欲。我如他所請，特備大蔥一盤，家常餅數張。心一以蔥捲餅，頃刻而罄，對於其他菜肴竟未下箸，直吃得他滿頭大汗。他說這是數年來第一次如意的飽餐！

我離開青島時把支子送給同事趙少侯，此後抗戰軍興，友朋星散，這青島獨有的一個支子就不知流落何方了。

燒鴨

北平烤鴨，名聞中外。在北平不叫烤鴨，叫燒鴨，或燒鴨子，在口語中加一子字。

《北平風俗雜詠》嚴辰〈憶京都詞〉十一首，第五首云：

憶京都・塡鴨冠寰中

爛煮登盤肥且美，
加之炮烙製尤工。
此間亦有呼名鴨，
骨瘦如柴空打殺。

嚴辰是浙人，對於北平塡鴨之傾倒，可謂情見乎詞。

北平苦旱，不是產鴨盛地，惟近在咫尺之通州得運河之便，渠塘交錯，特宜畜鴨。佳種皆純白，野鴨花鴨則非上選。鴨自通州運到北平，仍需施以填肥手續。以高粱及其他飼料揉搓成圓條狀，較一般香腸熱狗爲粗，長約四寸許。通州的鴨子師傅抓過一隻鴨來，夾在兩條腿間，使不得動，用手掰開鴨嘴，以粗長的一根根的食料蘸著水硬行塞入。鴨子要叫都叫不出聲，只有眨巴眼的分兒。塞進口中之後，用手緊緊的往下捋鴨的脖子，硬把那一根根的東西擠送到鴨的胃裡。塡進幾根之後，眼看著再塡就要撐破肚皮，這才鬆手，把鴨關進一間不見天日的小棚子裡。幾十百隻鴨關在一起，像沙丁魚，絕無活動餘地，只是盡量給予水喝。這樣關了若干天，天天扯出來塡，非肥不可，故名塡鴨。一來鴨子品種好，二來師傅手藝高，所以塡鴨爲北平所獨有。抗戰時期在後方有一家餐館試行塡鴨，三分之一死去，沒死的雖非骨瘦如柴，也並不很肥，這是我親眼看到的。鴨一定要肥，肥才嫩。

北平燒鴨，除了專門賣鴨的餐館如全聚德之外，是由便宜坊（即醬肘子鋪）發售的。在館子裡亦可吃烤鴨，例如在福全館宴客，就可以叫右邊鄰近的一家便宜坊送了過來。自從宣外的老便宜坊關張以後，要以東城的金魚胡同口的寶華春爲後起之秀，樓下門市，樓上小樓一角最是吃燒鴨的好地方。在家裡，打

便宜坊

便宜坊烤鴨店創立於明朝永樂十四年（西元一四一六年），為燜爐烤鴨的龍頭。明嘉靖三十年（西元一五五二年），時任兵部員外的楊繼盛在廟堂上彈劾奸相嚴嵩，但反被誣陷。下朝來內心苦悶，飢腸轆轆，來到菜市口米市胡同，忽聞香氣，見一小店推門而入，店雖不大，乾淨優雅，賓客滿堂，他點了烤鴨和下酒菜，大快朵頤，把煩事拋至腦後，店主親自端鴨斟酒，他見待客周到，讚嘆道：「此店真乃方便宜人，物超所值！」也因此便宜坊聲名遠播。

一個電話，寶華春就會派一個小利巴，用保溫的鉛鐵桶送來一隻才出爐的燒鴨，油淋淋的，燙手熱的。附帶著他還管代蒸荷葉餅蔥醬之類。他在席旁小桌上當眾片鴨，手藝不錯，講究片得薄，每一片有皮有油有肉，隨後一盤瘦肉，最後是鴨頭鴨尖，大功告成。主人高興，賞錢兩吊，小利巴歡天喜地稱謝而去。

塡鴨費工費料，後來一般餐館幾乎都賣燒鴨，叫做叉燒烤鴨，連悶爐的設備也省了，就地一堆炭火一根鐵叉就能應市。同時用的是未經塡肥的普通鴨子，吹凸了鴨皮晾乾一烤，也能烤得焦黃迸脆。但是除了皮就是肉，沒有黃油，味道當然差得多。有人到北平吃烤鴨，歸來盛道其美，我問他好在哪裡，他說：「有皮，有肉，沒有油。」我告訴他：「你還沒有吃過北平烤鴨。」

所謂一鴨三吃，那是廣告噱頭。在北平吃燒鴨，照例有一碗滴出來的油，有一副鴨架裝。鴨油可以蒸蛋羹，鴨架裝可以熬白菜，也可以煮湯打滷。館子裡的鴨架裝熬白菜，可能是預先煮好的大鍋菜，稀湯洸水，索然寡味。會吃的人要把整個的架裝帶回家裡去煮。這一鍋湯，若是加口蘑（不是冬菇，不是香蕈）打滷，滷上再加一勺炸花椒油，吃打滷麵，其味之美無與倫比。

獅子頭

獅子頭，揚州名菜。大概是取其形似，而又相當大，故名。北方飯莊稱之爲四喜丸子，因爲一盤四個。北方做法不及揚州獅子頭遠甚。

我的同學王化成先生，揚州人，幼失恃，賴姑氏扶養成人，姑善烹調，化成耳濡目染，亦通調和鼎鼐之道。化成官外交部多年，後外放葡萄牙公使歷時甚久，終於任上。他公餘之暇，常親操刀俎，以娛嘉賓。獅子頭爲其拿手傑作之一，曾以製作方法見告。

獅子頭人人會做，巧妙各有不同。化成教我的方法是這樣的——

首先取材要精。細嫩豬肉一大塊，七分瘦三分肥，不可有些須筋絡糾結於其間。切割之際最要注意，不可切得七歪八斜，亦不可剁成碎泥，其祕訣是「多切少斬」。挨著刀切成碎丁，越碎越好，然後略微斬剁。

次一步驟也很重要。肉裡不羼芡粉，容易碎散；加了芡粉，黏糊糊的不是味道。所以調好芡粉要抹在兩個手掌上，然後捏搓肉末成四個丸子，這樣丸子外表便自然糊上了一層芡粉，而裡面沒有。把丸子微微按扁，下油鍋炸，以丸子表面緊繃微黃爲度。

再下一步是蒸。碗裡先放一層轉刀塊冬筍墊底，再不然就橫切黃芽白作墩形數個也好。把炸過的丸子輕輕放在碗裡，大火蒸一個鐘頭以上。揭開鍋蓋一看，浮著滿碗的油，用大匙把油撇去，或用大吸管吸去，使碗裡不見一滴油。

這樣的獅子頭，不能用筷子夾，要用羹匙舀，其嫩有如豆腐。肉裡要加蔥汁、薑汁、鹽。願意加海參、蝦仁、荸薺、香蕈，各隨其便，不過也要切碎。

獅子頭是雅舍食譜中重要的一色。最能欣賞的是當年在北碚的編譯館同仁蕭毅武先生，他初學英語，稱之爲「萊陽海帶」，見之輒眉飛色舞。化成客死異鄉，墓木早拱矣，思之憮然！

兩做魚

常聽人說北方人不善食魚，因爲北方河流少，魚也就不多。我認識一位蒙古貴族，除了糟溜魚片之外，從不食魚；清蒸鰣魚，乾燒鯽魚，他不屑一顧，他生怕骨鯁刺喉。可是亦不盡然。不久以前我請一位廣東朋友吃石門鯉魚，居然談笑間一根大刺橫鯁在喉，喝醋吞饅頭都不收效，只好到醫院行手術。以後他大概只能吃「滑魚球」了。我又有一位江西同學，他最會吃魚，一見魚膾上桌便不停下箸，來不及剔吐魚刺，伸出舌頭往嘴邊一送，便一根根魚刺貼在嘴角上，積滿一把才用手抹去。可見食魚之巧拙，與省籍無關，不分南北。

《詩經．陳風》：「豈其食魚，必河之魴？」「豈其食魚，必河之鯉？」河就是黃河。魴味腴美，《本草綱目》說「魴魚處處有之」。漢沔固盛產，黃河裡也有。鯉魚就更不必說。跳龍門的就是鯉魚。馮諼齊人，彈鋏歎食無魚，孟嘗君就給他魚吃，大概就是黃河鯉了。

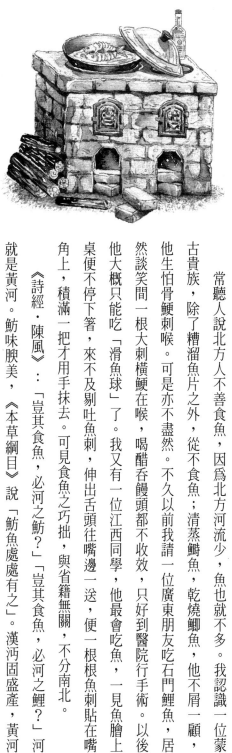

提起黃河鯉，實在是大大有名。黃河自古時常氾濫，七次改道，為一大災害，治黃乃成歷朝大事。清代置河道總督管理其事，動員人眾，斥付鉅資，成為大家豔羨的肥缺。從事河工者乃窮極奢侈，飲食一道自然精益求精。於是豫菜乃能於餐館業中獨樹一幟。全國各地皆有魚產，松花江的白魚、津沽的銀魚、近海的石首魚、松江之鱸、長江之鰣、江淮之鮰、遠洋之鯧……無不佳美，難分軒輊。黃河鯉也不過是其中之一。

豫菜以開封為中心，洛陽亦差堪頡頏。到豫菜館吃飯，櫃上先敬上一碗開口湯，湯清而味美。點菜則少不得黃河鯉。一尺多長的活魚，歡蹦亂跳，夥計當著客人面前把魚猛擲觸地，活活摔死。魚的做法很多，我最欣賞清炸醬汁兩做，一魚兩吃，十分經濟。

清炸魚說來簡單，實則可以考驗廚師使油的手藝。使油要懂得沸油、熱油、溫油的分別。有時候做一道菜，要轉變油的溫度。炸魚要用豬油，炸出來色澤好，用菜油則易焦。魚剖為兩面，取其一面，在表面上斜著縱橫細切而不切斷。入熱油炸之，不須裹麵糊，可裹芡粉，炸到微黃，魚肉一塊塊的裂開，看樣子就引人入勝。灑上花椒鹽上桌。常見有些他處的餐館作清炸魚，魚的身分是無可奈何的，只要是活魚就可以入選了，但是刀法太不講究，切條切塊大小不一，魚刺亦多橫斷，最壞的是外面裹了厚厚一層麵糊。

兩做魚另一半醬汁，比較簡單，整塊的魚嫩熟之後澆上醬汁即可，惟汁宜稠而不黏，鹹而不甜。要灑薑末，不須別的佐料。

熗青蛤

北人不大吃帶殼的軟體動物，不是不吃，是不似南人之普遍嗜食。

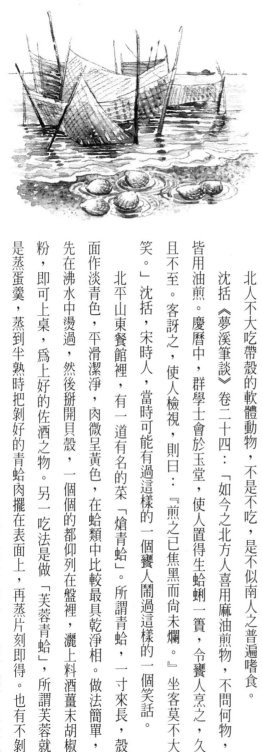

沈括《夢溪筆談》卷二十四：「如今之北方人喜用麻油煎物，不問何物，皆用油煎。慶曆中，群學士會於玉堂，使人置得生蛤蜊一簣，令饔人烹之，久且不至。客訝之，使人檢視，則曰：『煎之已焦黑而尚未爛。』坐客莫不大笑。」沈括，宋時人，當時可能有過這樣的一個饔人鬧過這樣的一個笑話。

北平山東餐館裡，有一道有名的菜「熗青蛤」。所謂青蛤，一寸來長，殼面作淡青色，平滑潔淨，肉微呈黃色，在蛤類中比較最具乾淨相。做法簡單，先在沸水中燙過，然後掰開貝殼，一個個的都仰列在盤裡，灑上料酒薑末胡椒粉，即可上桌，爲上好的佐酒之物。另一吃法是做「芙蓉青蛤」，所謂芙蓉就是蒸蛋羹，蒸到半熟時把剝好的青蛤肉擺在表面上，再蒸片刻即得。也有不剝蛤肉，整個青蛤帶殼投在蛋裡去蒸的。這種帶殼蒸的辦法，似嫌粗豪，但是也有人說非如此不過癮。

青蛤在家裡也可以吃，手續簡單，不過在北方吃東西多按季節。春夏之交，黃魚大頭魚上市，也就是吃蛤蜊的旺季。我記得先君在世的時候，照例要到供應水產最爲豐富的東單牌樓菜市採購青蛤，一買就是滿滿一麻袋，足足有好幾十斤，幾乎一個人都提不動，運回家來供我們大嚼。先是浸蛤於水，過一晝夜而泥沙吐盡。聽人說，水裡若是滴上一些麻油，則泥沙吐得更快更乾淨。我沒有試過。蛤雖味鮮，不宜多食，但是我的二姊曾有一頓吃下一百二十個青蛤的紀錄。大家這樣狂吃一頓，一年之內不作再吃想矣。

在臺灣我沒有吃到過青蛤。著名的食物「蚵仔煎」，蚵仔是臺語，實即牡蠣，亦即蠔。這種東西寧波一帶盛產。剝出來的肉，名爲蠣黃。李時珍《本草》：「南海人，食其肉，謂之蠣黃。」其實蠣黃亦不限於南海。東北人喜歡吃的白肉酸菜火鍋，即往往投入一盤蠣黃，使湯味格外鮮美。此地其他貝類，如哈螞、蚋、海瓜子，大部分都是醬油湯子裡泡著，鹹滋滋的，失去鮮味不少。蚶子是南方普遍食物，人工培養蚶子的地方名爲蚶田。《清一統志》：「莆田縣東七十里大海上，有蚶田四百頃。」規模好大！蚶子用開水一燙，掰開加三合油加薑末就可以吃，殼裡漾著血水，故名血蚶。我看見那血水，心裡不舒服，再想到上海弄堂裡每天清早刷馬桶的人，用竹帚蚶子殼嘩啦嘩啦攪得震天響，看著蚶子就更不自在了。至於淡菜，一名殼菜，也是浙閩名產，曬乾了之後可用以煨紅燒肉，其形狀很醜，像是曬乾了的蟬，又有人想入非非說是像另外一種東西。總之這些貝類都不是北人所易接受的。

美國西海岸自阿拉斯加起以至南加州，海底出產一種巨大的蛤蜊，名曰geoduck，很奇怪的，當地的人卻讀如「古異德克」，又名之曰蛤王（king clam）。其殼並不太大，大者長不過四五寸許，但是牠的肉體有一條長長的粗粗的肉伸出殼外，略有伸縮性，但不能縮進殼裡，像象鼻一般，其狀不雅，長可達一尺開外，兩片硬殼貼在下面形同虛設。這條長鼻肉味鮮美，可以說是美國西海岸食物中的雋品。我曾爲文介紹，可是國人旅遊美國西部者，蒐奇選勝，卻很少人嘗過古異德克。知音很難，知味亦不易。我初嘗異味是在西雅圖高叔哿嚴倚雲伉儷府上，這兩位都精易牙之術。高先生告訴我，古異德克雖是珍品，而美國人不善處理，較高級餐館菜單中偶然也列此一味，但是烹製出來，儘管猛加白蘭地，不是韌如皮鞋底，就是味同嚼蠟。皆因西人烹調方法，不外油炸、水煮、熱烤，就是缺了我們中國的「炒」。他們根本沒有炒菜鍋。英文中沒有相當於「炒」的字，目前一般翻譯都作stir fry（一面翻騰一面煎）。

高先生做古異德克是用炒的方法，先把象鼻形的那根肉割下來，其餘部分丟棄，用沸水一澆，外表一層粗皺的鬆皮就容易脫落下來了，然後切成薄片，越薄越好。旺火，沸油，爆炒，加進蔥薑鹽，翻動十來下，熟了，略加玉米粉，使汁稠，趁熱上桌。吃起來有廣東館子「炒響螺」的味道，美。

美國人不懂這一套。風行美國各地的「蛤羹」（clam chowder）味道不錯，裡面的番薯牛奶麵粉大概不少，稠糊糊的，很難發現其中有蛤。現在他們動起「蛤王」的腦筋來了，切碎古異德克製作蛤羹，並且裝了罐頭，想來風味不惡。

七十年五月七日臺灣一家報紙刊出一則新聞式的廣告，標題是「深海珍品鮑魚貝——肉質鮮美好口味」。鮑魚貝的名字起得好，即是古異德克。據說日本在一九七六年引進了鮑魚貝，而且還生吃。在臺灣好像尚未被老饕注意，也許是因為我們的美味種類已經太多了。

貝類之中體積最小者，當推江浙產的「黃泥螺」。這種東西我就從未見過。菁清說她從小就喜歡吃，清粥小菜經常少不了它。有一天她居然在臺北一家店裡瞥見了一瓶瓶的黃泥螺，像是他鄉遇故知一般，掃數買了回來。以後再買就買不到了。據告這是海員偶然攜來寄售的。黃泥螺小得像綠豆一般，黑不溜秋的，不起眼，裡面的那塊肉當然是小得可憐，而且鹹得很。

生炒鱔魚絲

鱔為我國特產。正寫是鱓，鱔為俗字。一名曰䱇。《山海經・北山經》：「姑灌之山，湖灌之水出焉，其中多䱇。」鱔魚各地皆有生產，腹作黃色，故曰黃鱔，淺水泥塘以至稻田，到處都有。

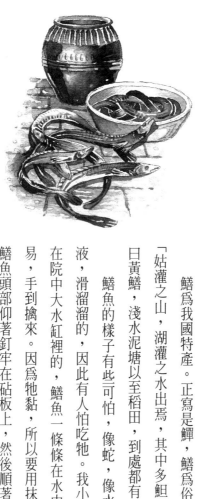

鱔魚的樣子有些可怕，像蛇，像水蛇，遍體無鱗，而又渾身裹著一層黏液，滑溜溜的，因此有人怕吃牠。我小時看廚師宰鱔魚，印象深刻。鱔魚是放在院中大水缸裡的，鱔魚一條條在水中直立，探頭到水面吸空氣，抓牠很容易，手到擒來。因為牠黏，所以要用抹布裹著牠才能抓得牢。用一根大鐵釘把鱔魚頭部仰著釘牢在砧板上，然後順著牠的肚皮用尖刀直劃，取出臟腑，再取出脊骨，皮上黏液當然要用鹽搓掉。血淋淋的一道殺宰手續，看得人心驚膽戰。

《顏氏家訓・歸心》：「江陵劉氏，以賣鱓羹為業，後生一子，頭是鱓，以下方為人耳。」〈蓮池大師放生文註〉：「杭州湖墅于氏者，有鄰家被盜，女送鱔魚十尾，為母問安，畜甕中，忘之矣。一夕，夢黃衣尖帽者十人，長跪乞命，覺而疑之，卜諸術人，曰：『當有生求放耳。』遍索室內，則甕有巨鱔在焉，數之正十，大驚，放之，時萬曆九年事也。」信有因果之說，遂作放生之論。但是美味所在，放者自放，吃者自吃。

在北方只有河南餐館賣鱔魚。山東館沒有這一項。食客到山東館子點鱔魚，是外行。河南館做鱔魚，我最欣賞的是生炒鱔魚絲。鱔魚切絲，一兩寸長，豬油旺火爆炒，加進少許芫荽，加鹽，不須其他任何配料。這樣炒出來的鱔魚，肉是白的，微有脆意，極可口，不失鱔魚本味。另一做法是黃燜鱔魚段，切成四方塊，加一大把整的蒜瓣進去，加醬油，燜爛，汁要濃。這樣做出來的鱔魚是酥軟的，另有風味。

淮揚館子也善做鱔魚，其中「熗虎尾」一色極為佳美。把鱔魚切成四五寸長的寬條，像老虎尾巴一樣，上略寬，下尖細，如果全是截自鱔魚尾巴，則更妙。以沸湯煮熟之後即撈起，一條條的在碗內排列整齊，澆上預先備好蔴油醬油料酒的湯汁，冷卻後，再灑上大量的搗碎了的蒜（不是蒜泥）。宜冷食。樣子有一點嚇人，但是味美。至於炒鱔糊，或加粉絲墊底名之為軟兜帶粉。那鱔魚雖名為炒，卻不是生炒，是煮熟之後再炒，已經十分油膩。上桌之後侍者還要手持一隻又黑又髒的搪瓷碗（希望不是漱口盃），澆上一股子沸開的油，嗞啦一聲，油直冒泡，然後就有熱心人用筷子亂攪拌一陣，還有熱心人猛撒胡椒粉。那鱔魚當中時常羼上大量筍絲茭白絲之類，有喧賓奪主之勢。遇到這種場面，就不能不令人懷念生炒鱔魚絲了。在萬華吃海鮮，有一家招牌大書生炒鱔魚絲，實際上還是熟炒。我曾問過一家北方名館主人，為什麼不試做生炒鱔絲，他說此地沒有又粗又壯的巨鱔，切不出絲。也許他說得對。在市場裡是很難遇到夠尺寸的黃鱔。

江浙的爆鱔過橋麵，令我懷想不置。爆鱔是炸過的鱔魚條，然後用醬油燜，加相當多的糖。這種爆鱔，非常香脆，以半碟下酒，另半碟連汁倒在麵上，香極了。

聽說某處有所謂全鱔席，我沒有見過這種場面。想來原則上和全鴨席差不多，以各種不同的方式取勝。全鴨席我是見過的，——拌鴨掌、糟鴨片、燴鴨條、糟蒸鴨肝、燴鴨胰、黃爛鴨塊、薑芽炒鴨片、燴鴨舌，最後是掛爐燒鴨。全鱔席當然也是類似的做法。這是噱頭，知味者恐怕未必以為然，因為吃東西如配方，也要君臣佐使，搭配平衡。

醬菜

抗戰時我和老向在後方，我調侃他說：「貴地保定府可有什麼名產？」他說：「當然有。保定府，三宗寶，鐵球、醬菜、春不老。」他並且說將來有機會必定向我獻寶，讓我見識見識。抗戰勝利還鄉，他果然實踐諾言，從保定到北平來看我，攜來一對鐵球（北方老人喜歡放在手裡揉玩的玩意兒），一簍醬菜，春不老因不是季節所以不能帶。鐵球且不說，那簍醬菜我起初未敢小覷，勝地名產，當有可觀。油紙糊的簍子，固然簡陋，然凡物不可貌相。打開一看，原來是什錦醬菜，蘿蔔、黃瓜、花生、杏仁都有。我捏一塊放進嘴裡，哇，比北平的大醃蘿蔔「棺材板」還鹹！

北平的醬菜，妙在不太鹹，同時又不太甜。糧食店的六必居，因爲匾額是嚴嵩寫的（三個大字確是寫得好），格外的有號召力，多少人跑老遠的路去買他的醬菜。我個人的經驗是，盛名之下，其實難副。鐵門也有一家醬園，名震

六必居

「六必居」橫匾相傳是明嘉靖年間武英殿大學士嚴嵩所寫，最初是六人合開的買賣，有一天在嚴夫人的幫助下，嚴嵩寫下「六心居」，寫完後又想，六心豈能合作？於是又提筆在「心」上添一撇，成為「六必居」。也有傳說在明嘉靖九年（西元一五三〇年）由山西臨界汾西北村趙氏三兄弟創辦，因為經營柴米油鹽醬醋六種生活必需品，故名。歷史考證，「六必居」是經營酒的小店，「六必」是古代釀酒工藝的操作要點，秉此原則所以生產的醬菜品質優良，口味獨特，是京城醬園中歷史最悠久、聲譽最著的小店。

遐邇，也沒有什麼特殊。倒是金魚胡同市場對面的天義順，離我家近，貨色新鮮。

醬菜的花樣雖多，要以甜醬蘿蔔爲百吃不厭的正宗。這種蘿蔔，細長質美，以製醬菜恰到好處。他處的蘿蔔嫌水分太多，質地不夠堅實，醬出來便不夠脆，不禁咀嚼。可見一切名產，固有賴於手藝，實則材料更爲重要。甘露，作螺螄狀，清脆可口，是別處所沒有的。

有兩樣醬菜，特別宜於作烹調的配料。一個是醬黃瓜炒山雞丁。過年前後，野味上市，山雞（即雉）最受歡迎，那彩色的長尾巴就很好看。取山雞胸肉切丁，加進醬黃瓜塊大火爆炒，臨起鍋時再投入大量的蔥塊，澆上麻油拌勻。炒出來雞肉白嫩，羼上醬黃瓜又鹹又甜的滋味，是年菜中不可少的一味，要冷食。北地寒，炒一大鍋，經久不壞。

另一味是醬白菜炒冬筍。這是一道熱炒。北方的白菜又白又嫩。新從醬缸出來的醬白菜，切碎，炒冬筍片，別有風味，和雪裡蕻炒筍、薺菜炒筍、冬菇炒筍迥乎不同。

日本的醬菜，太鹹太甜，吾所不取。

水晶蝦餅

蝦，種類繁多。《爾雅翼》所記：「閩中五色蝦，長尺餘，具五色。梅蝦，梅雨時有之。蘆蝦，青色，相傳蘆葦所變。泥蝦，稻花變成，多在泥田中。又蝦姑，狀如蜈蚣，一名管蝦。」蘆葦稻花會變蝦，當然是神話。

蝦不在大，大了反倒不好吃。龍蝦一身鎧甲，鬚爪戟張，樣子十分威武多姿，可是剝出來的龍蝦肉，只合做沙拉，其味不過爾爾。大抵鹹水蝦，其味不如淡水蝦。

蝦要吃活的，有人還喜活吃。西湖樓外樓的「熗活蝦」，是在湖中用竹簍養著的，臨時取出，歡蹦亂跳，剪去其鬚吻足尾，放在盤中，用碗蓋之。食客微啓碗沿，以箸夾取之，在旁邊的小碗醬油麻油醋裡一蘸，送到嘴邊用上下牙齒一咬，像嗑瓜子一般，吮而食之。吃過把蝦殼吐出，猶咕咕囔囔的在動。有時候嫌其過分活躍，在盤裡潑進半杯燒酒，蝦乃頹然醉倒。據聞有人吃活蝦不愼，蝦一躍而戳到喉嚨裡，幾致喪生。生吃活蝦不算稀奇，我還看見過有人生吃活螃蟹呢！

熗活蝦，我無福享受。我只能吃油爆蝦、鹽焗蝦、白灼蝦。若是嫌剝殼麻煩，就只好吃炒蝦仁、燴蝦仁了。說起炒蝦仁，做得最好的是福建館子，記得北平西長安街的忠信堂是北平唯一的有規模的閩菜館，做出來的清炒蝦仁不加任何配料，滿滿一盤蝦仁，鮮明透亮，而且軟中帶脆。閩人善治海鮮當推獨步。燴蝦仁則是北平飯莊的拿手，館子做不好。飯莊的酒席上四小碗其中一定有燴蝦仁，羼一點荸薺丁、勾芡，一切恰到好處。這一炒一燴，全是靠使油及火候，灶上的手藝一點也含糊不得。

蝦仁剁碎了就可以做炸蝦球或水晶蝦餅了。不要以爲剁碎了的蝦仁就可以用不新鮮的剩貨充數，瞞不了知味的吃客。吃館子的老主顧，堂倌也不敢怠慢，時常會用他的山東腔說：「二爺！甭起蝦夷兒了，蝦夷兒不信香。」（不用吃蝦仁了，蝦仁不新鮮。）堂倌和吃客合作無間。

水晶蝦餅是北平錫拉胡同玉華臺的傑作。和一般的炸蝦球不同。一定要用白蝦，通常是青蝦比白蝦味美，但是做水晶蝦餅非白蝦不可，爲的是做出來顏色純白。七分蝦肉要加三分豬板油，放在一起剁碎，不要碎成泥，加上一點點芡粉、蔥汁薑汁，捏成圓球，略按成厚厚的小圓餅狀，下油鍋炸，要用豬油，用溫油。炸出來白如凝脂，溫如軟玉，入口鬆而脆。蘸椒鹽吃。

自從我知道了水晶蝦餅裡大量羼豬油，就不敢常去吃它。連帶著對一般館子的炸蝦球，我也有戒心了。

湯包

說起玉華臺，這個館子來頭不小，是東堂子胡同楊家的廚子出來經營掌杓。他的手藝高強，名作很多，所做的湯包，是故都的獨門絕活。

包子算得什麼，何地無之？但是風味各有不同。上海沈大成、北萬馨、五芳齋所供應的早點湯包，是令人難忘的一種。包子小，小到只好一口一個，但是每個都包得俏式，小蒸籠裡墊著松針（可惜松針時常是用得太久了一些），有賣相。名為湯包，實際上包子裡面並沒有多少湯汁，倒是外附一碗清湯，表面上浮著七條八條的蛋皮絲，有人把包子丟在湯裡再吃，成為名副其實的湯包了。這種小湯包餡子固然不惡，妙處卻在包子皮，半發半不發，薄厚適度，製作上頗有技巧。臺北也有人仿製上海式的湯包，得其髣髴，已經很難得了。

天津包子也是遠近馳名的，尤其是荀不理的字號十分響亮。其實不一定要到荀不理去，搭平津火車一到天津西站就有一群販賣包子的高舉籠屜到車窗

北京玉華臺飯莊與湯包（沈孝昌／攝影）

前，伸胳膊就可以買幾個包子。包子是扁扁的，裡面確有比一般爲多的湯汁，湯汁中有幾塊碎肉蔥花。有人到鋪子裡吃包子，才出籠的，包子裡的湯汁曾有燙了脊背的故事，因爲包子咬破，湯汁外溢，流到手掌上，一舉手乃順著胳膊流到脊背。不知道是否眞有其事，不過天津包子確是湯汁多，吃的時候要小心，不燙到自己的脊背，至少可以濺到同桌食客的臉上。相傳的一個笑話：兩個不相識的人據一張桌子吃包子，其中一位一口咬下去，包子裡的一股湯汁直飆過去，把對面客人噴了個滿臉花。肇事的這一位並未覺察，低頭猛吃。對面那一位很沉得住氣，不動聲色。堂倌在一旁看不下去，趕快擰了一個熱手巾把送了過去，客徐曰：「不忙，他還有兩個包子沒吃完哩。」

玉華臺的湯包才是眞正的含著一汪子湯。一籠屜裡放七八個包子，連籠屜上桌，熱氣騰騰，包子底下墊著一塊蒸籠布，包子扁扁的塌在蒸籠布上。取食的時候要眼明手快，抓住包子的皺褶處猛然提起，包子皮驟然下墜，像是被嬰兒吮癟了的乳房一樣，趁包子沒有破裂趕快放進自己的碟中，輕輕咬破包子皮，把其中的湯汁吸飲下肚，然後再吃包子的空皮。沒有經驗的人，看著籠裡的包子，又怕燙手，又怕弄破包子皮，猶猶豫豫，結果大概是皮破湯流，一塌糊塗。有時候堂倌代爲抓取。其實吃這種包子，其樂趣一大部分就在那一抓一

玉華臺

玉華臺是經營江蘇淮揚風味菜肴的老店，一九二一年初建於王府井北口的八面槽。玉華臺取名自揚州樓臺，是隋煬帝下揚州歡宴後建築的樓臺。初開業時生意極好，著名國畫大師張大千作畫「春鴨」相贈，清末代皇帝溥儀胞弟溥傑專門題寫牌匾。玉華臺名廚濟濟，幾位淮揚菜的大廚受到重用，有的調為元帥服務，有的當梅蘭芳家廚，當時光顧的名人有老舍、齊白石、鄭振鐸、張大千等，白石老人每月得來一、二次，必吃炒鱔魚、水晶蝦餅、核桃酪和湯包，一次飯後提字：「王堂春色好，華宴滿臺香。」

吸之間。包子皮是燙麵的，比燙麵餃的麵還要稍硬一點，否則包不住湯。那湯原是肉汁凍子，打進肉皮一起煮成的，所以才能凝結成為包子餡。湯裡面可以看得見一些碎肉渣子。這樣的湯味道不會太好。我不太懂，要喝湯為什麼一定要灌在包子裡然後再喝。

核桃酪

玉華臺的一道甜湯核桃酪也是非常叫好的。

有一年，先君帶我們一家人到玉華臺午飯。滿滿的一桌，祖孫三代。所有的拿手菜都吃過了，最後是一大缽核桃酪，色香味俱佳，大家叫絕。先慈說：「好是好，但是一天要賣出多少缽，需大量生產，所以只能做到這個樣子，改天我在家裡試用小鍋製作，給你們嘗嘗。」我們聽了大爲雀躍。回到家裡就天天泥著她做。

我母親做核桃酪，是根據她爲我祖母做杏仁茶的經驗揣摹著做的。我祖母的早點，除了燕窩、蘼其瑪、蓮子等之外，有時候也要喝杏仁茶。街上賣的杏仁茶不夠標準，要我母親親自做。雖是只做一碗，材料和手續都不能缺少，久之也就做得熟練了。核桃酪和杏仁茶性質差不多。

核桃來自羌胡，故又名胡桃，是張騫時傳到中土的，北方盛產。取現成的核桃仁一大捧，用沸水泡。司馬光幼時倩人用沸水泡，以便易於脫去上面的一層皮，而謊告其姊說是自己剝的，這段故事是大家所熟悉的。開水泡過之後要大家幫忙剝皮的，雖然麻煩，數量不多，頃刻而就。在館子裡據說是用硬毛刷去刷的！核桃要搗碎，越碎越好。

取紅棗一大捧，也要用水泡，泡到漲大的地步，然後煮，去皮，這是最煩人的一道手續。棗樹在黃河兩岸無處不有，而以河南靈寶所產爲最佳，棗大而甜。北平買到的紅棗也相當肥大，不似臺灣這裡中藥店所賣的紅棗那樣瘦小。可是剝皮取棗泥還是不簡單。我們用的是最簡單的笨法，用小刀刮，刮出來的棗泥絕對不帶碎皮。

白米小半碗，用水泡上一天一夜，然後撈出來放在搗蒜用的那種較大的缸缽裡，用一根搗蒜用的棒棰（當然都要洗乾淨使不帶蒜味，沒搗過蒜的當然更好），盡力的搗，要把米搗得很碎，隨搗隨加水。碎米渣滓連同汁水倒在一塊紗布裡，用力擰，擰出來的濃米漿留在碗裡待用。

煮核桃酪的器皿最好是小薄銚。銚讀如弔。《正字通》：「今釜之小而有柄有流者亦曰銚。」銚是泥沙燒成的，質料像沙鍋似的，很原始，很粗陋，黑黝黝的，但是非常靈巧而有用，煮點東西不失原味，遠較銅鍋鐵鍋爲優，可惜近已淘汰了。

把米漿、核桃屑、棗泥和在一起在小薄銚裡煮，要守在一旁看著，防溢出。很快的就煮出了一銚子核桃酪。放進一點糖，不要太多。分盛在三四個小碗（蓮子碗）裡，每人所得不多，但是看那顏色，微呈紫色，棗香、核桃香撲鼻，喝到嘴裡黏糊糊的、甜滋滋的，眞捨不得一下子嚥到喉嚨裡去。

鐵鍋蛋

北平前門外大柵欄中間路北有一個窄窄的小胡同，走進去不遠就走到底，迎面是一家軍衣莊，靠右手一座小門兒，上面高懸一面紮著紅綢的黑底金字招牌「厚德福飯莊」。看起來眞是不起眼，偪促在一個小巷底，沒去過的人還是不易找到。找到了之後看那門口裡面黑咕籠咚的，還是有些不敢進去。裡面樓上樓下各有兩三個雅座，另外三五個散座，那座樓梯又陡又窄，嶮巇難攀。可是客人一踏進二門，櫃臺後門的賬房苑先生就會扯著大嗓門兒高呼：「看座兒！」他的嗓門兒之大是有名的，常有客人一進門就先開口：「您別喊，我帶著孩子呢，小孩兒害怕。」

厚德福飯莊地方雖然偪仄，名氣不小，是當時唯一老牌的河南館子。本是煙館，所以一直保存那些短炕，附帶著賣些點心之類，後來實行煙禁，就改爲飯館了。掌櫃的陳蓮堂是開封人，很有一把手藝，能製道地的河南菜。時值袁世凱當國，河南人士彈冠相慶之下，厚德福的聲譽因之鵲起。嗣後生意日盛，但是風水關係，老址絕不遷移，而且不換裝修，一副古老簡陋的樣子數十年不變。為了擴充營業，先後在北平的城南遊藝園、瀋陽、長春、黑龍江、西安、青島、上海、香港、重慶、北碚等處開設分號。陳掌櫃手下高徒，一個個的派赴各地分號掌杓。這是厚德福的簡史。

厚德福的拿手菜頗有幾樣，請先談談鐵鍋蛋。

吃雞蛋的方法很多，炒雞蛋最簡單。常聽人謙虛的說：「我不會做菜，只會炒雞蛋。」說這句話的人一定不會把一盤雞蛋炒得像個樣子。攤雞蛋是把打過的蛋煎成一塊圓形的餅，「烙餅捲攤雞蛋」是北方鄉下人的美食。蒸蛋羹花樣繁多，可以在表面上敷一層干貝絲、蝦仁、蛤蜊肉……至不濟灑上一把肉鬆也成。厚德福的鐵鍋蛋是燒烤的，所以別致。當然先要置備黑鐵鍋一個，口大底小而相當高，鐵要相當厚實。在打好的蛋裡加上油鹽佐料，羼一些肉末綠豌豆也可以，不可太多，然後倒在鍋裡放在火上連燒帶烤，烤到蛋漲到鍋口，作焦黃色，就可以上桌了。這道菜的妙處在於鐵鍋保溫，上了桌還有滋滋響的滾沸聲，這道理同於所謂的「鐵板燒」，而保溫之久猶過之。我的朋友李清悚先生對我說，他們南京人所謂「漲蛋」也是同樣的好吃。我到他府上嘗試過，確是不錯，蛋漲得高高的起蜂窩，切成菱形塊上桌，其缺憾是不能保溫，稍一冷卻蛋就縮塌變硬了。還是要讓鐵鍋蛋獨擅勝場。

趙太侔先生在厚德福座中一時興起，點了鐵鍋蛋，從懷中掏出一元錢，令夥計出去買乾奶酪（cheese），囑咐切成碎丁羼在蛋裡，要美國奶酪，不要瑞士的，因為美國的比較味淡，容易被大家接受。做出來果然氣味噴香，不同凡響，從此懸為定例，每吃鐵鍋蛋必加奶酪。

現在我們有新式的電爐烤箱，不一定用鐵鍋，禁燒烤的玻璃盆（casserole）照樣的可以做這道菜，不過少了鐵鍋那種原始粗獷的風味。

瓦塊魚

嚴辰〈憶京都詞〉有一首是這樣的：

憶京都・陸居羅水族

鯉魚碩大鯽魚多，
當客擊鮮隨所欲。
此間俗手昧烹鮮，
令人空自羡臨淵。

嚴辰是浙江人，在魚米之鄉居然也懷念北人的烹鮮。故都雖然嘗不到黃河鯉，但是北平的河南館子治魚還是有獨到之處。厚德福的瓦塊魚便是一絕。一塊塊炸黃了的魚，微微彎捲作瓦片形，故以爲名。上面澆著一層稠黏而透明的

北京厚福德飯莊和瓦塊魚
（沈孝昌／攝影）

糖醋汁，微灑薑末，看那形色就令人饞涎欲滴。

我曾請教過厚德福的陳掌櫃，他說得輕鬆，好像做瓦塊魚沒什麼訣竅。其實不易。首先選材要精，活的鯉魚鰱魚都可以用，取其肉厚。但是只能用其中段最精的一部分。刀法也有考究，魚片厚薄適度，去皮，而且盡可能避免把魚刺切得過分碎斷。裹蛋白芡粉，不可裹麵糊。溫油，炸黃。做糖醋汁，用上好藕粉，比芡粉好看，顯著透明，要用冰糖，乘熱加上一杓熱油，取其光亮，澆在炸好的魚片上，最後灑上薑末，就可以上桌了。

一盤瓦塊魚差不多快吃完，夥計就會過來，指著盤中的剩汁說：「給您焙一點麵吧？」顧客點點頭，他就把盤子端下去，不大的工夫，一盤像是焦炒麵似的東西端上來了。酥、脆，微帶甜酸，味道十分別致。可是不要誤會，那不是麵條，麵條沒有那樣細，也沒有那樣酥脆。那是馬鈴薯擦絲，然後下油鍋炒成的。若不經意，還會以爲眞是麵條呢。

因爲瓦塊魚受到普遍歡迎，各地仿製者眾，但是很少能達到水準。大凡烹飪之術，各地不盡相同，即以一地而論，某一餐館專擅某一菜數，亦不容他家效顰。瓦塊魚是河南館的拿手，而以厚德福爲最著；醋溜魚（即五柳魚）是南宋宋五嫂五柳居的名菜，流風遺韻一直保存在杭州西湖。《光緒順天府志》：

厚德福

厚德福飯莊於光緒二十八年（西元一九〇二年）創建，位在北京前門外大柵欄街內，掌櫃陳蓮堂是河南杞縣人，對豫菜很有研究。這家飯莊的大股東梁芝山，是梁實秋先生的祖父，為官多年，投資時，正值其從廣東卸任回京。因厚德福來源於河南，非常重視歷史傳統，飯菜取名也與河南文人歷史典故有關。例如：有道菜為「杜甫茅屋雞」，從河南籍詩人杜甫的名詩「茅屋為秋風所破歌」得來靈感；「包府玉帶雞」則讚頌河南開封府包青天的清廉正直。

「五柳魚，浙江西湖五柳居煮魚最美，故傳名也。今京師食館仿爲之，亦名五柳魚。」北人仿五柳魚，猶南人仿瓦塊魚也，不能神似。北人做五柳魚，肉絲筍絲冬菇絲堆在魚身上，魚肉硬，全無五柳風味。樊樊山有一首詩〈纕蘅招飲廣和居即席有作〉：

> 閒里堂堂白日過，與君對酒復高歌。
> 都京御氣橫江盡，金鐵秋聲出塞多。
> 未信魚羹輸宋嫂，漫將肉餅問曹婆。
> 百年掌故城南市，莫學桓伊喚奈何。

所謂「未信魚羹輸宋嫂」，是想像之詞。百年老店，摹仿宋五嫂的手藝，恐怕也是不過爾爾。

溜黃菜

黃菜指雞蛋。北平人常避免說蛋字，因爲它不雅，我也不知爲什麼不雅。「木樨」、「芙蓉」、「雞子兒」都是代用詞。更進一步「雞」字也忌諱，往往稱爲「牲口」。

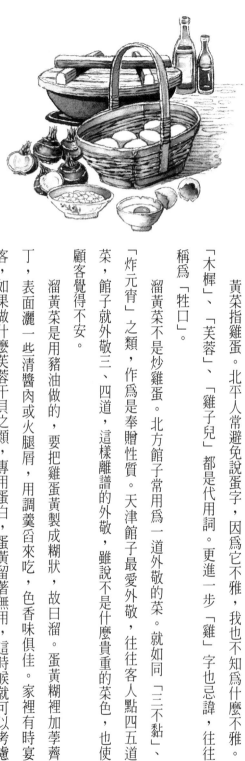

溜黃菜不是炒雞蛋。北方館子常用爲一道外敬的菜。就如同「三不黏」、「炸元宵」之類，作爲是奉贈性質。天津館子最愛外敬，往往客人點四五道菜，館子就外敬三、四道，這樣離譜的外敬，雖說不是什麼貴重的菜色，也使顧客覺得不安。

溜黃菜是用豬油做的，要把雞蛋黃製成糊狀，故曰溜。蛋黃糊裡加荸薺丁，表面灑一些清醬肉或火腿屑，用調羹舀來吃，色香味俱佳。家裡有時宴客，如果做什麼芙蓉干貝之類，專用蛋白，蛋黃留著無用，這時候就可以考慮做一盆溜黃菜了。館子裡之所以常外敬溜黃菜，可能也是剩餘的蛋黃無處打發，落得外敬做人情了。

我家裡試做好幾次溜黃菜都失敗了，炒出來是一塊塊的，不成糊狀。後來請教一位親戚，承她指點，方得訣竅。原來蛋黃打過加水，還要再加芡粉（多加則稠少加則稀），入旺油鍋中翻攪之即成。凡事皆有一定的程序材料，不是暗中摸索所能輕易成功的。

自從試作成功，便常利用剩餘的蛋黃炮製。直到有一天我膽結石症發，入院照愛克司光，醫囑先吞雞蛋黃一枚，我才知道雞蛋黃有什麼作用。原來蛋黃幾乎全是脂肪，生吞下去之後膽囊受到刺激，立刻大量放出膽汁，這時候給膽囊照相便照得最清楚。此後我是無膽之人，見了溜黃菜便敬而遠之，由有膽的人去享受了。

酸梅湯與糖葫蘆

夏天喝酸梅湯，冬天吃糖葫蘆，在北平是不分階級人人都能享受的事。不過東西也有精麤之別。琉璃廠信遠齋的酸梅湯與糖葫蘆，特別考究，與其他各處或街頭小販所供應者大有不同。

徐凌霄《舊都百話》關於酸梅湯有這樣的記載：

暑天之冰，以冰梅湯為最流行，大街小巷，乾鮮果鋪的門口，都可以看見「冰鎮梅湯」四字的木檐橫額。有的黃地黑字，甚為工緻，迎風招展，好似酒家的帘子一樣，使過往的熱人，望梅止渴，富於吸引力。昔年京朝大老，貴客雅流，有閒工夫，常常要到琉璃廠逛逛書鋪，品品骨董，考考版本，消磨長晝。天熱口乾，輒以信遠齋梅湯為解渴之需。

信遠齋鋪面很小，只有兩間小小門面，臨街是舊式玻璃門窗，拂拭得一塵不染，門楣上一塊黑漆金字匾額，鋪內清潔簡單，道地北平式的裝修。進門右手方有黑漆大木桶一，裡面有一大白瓷罐，罐外周圍全是碎冰，罐裡是酸梅湯，所以名爲冰鎭。北平的冰是從十刹海或護城河挖取藏在窖內的，冰塊裡可以看見草皮木屑，泥沙穢物更不能免，是不能放在飲料裡喝的。十刹海會賢堂的名件「冰碗」，蓮蓬桃仁杏仁菱角藕都放在冰塊上，食客不嫌其髒，眞是不可思議。有人甚至把冰塊放在酸梅湯裡！信遠齋的冰鎭就高明多了。因爲桶大罐小冰多，喝起來涼沁脾胃。他的酸梅湯的成功祕訣，是冰糖多、梅汁稠、水少，所以味濃而釅。上口冰涼，甜酸適度，含在嘴裡如品純醪，捨不得下嚥。很少人能站在那裡喝那一小碗而不再喝一碗的。抗戰勝利還鄉，我帶孩子們到信遠齋，我准許他們能喝多少碗都可以。他們連盡七碗方始罷休。我每次去喝，不是爲解渴，是爲解饞。我不知道爲什麼沒有人動腦筋把信遠齋的酸梅湯製爲罐頭行銷各地，而一任「可口可樂」到處猖狂。

信遠齋也賣酸梅滷、酸梅糕。滷沖水可以製酸梅湯，但是無論如何不能像站在那木桶旁邊細啜那樣有味。我自己在家也曾試做，在藥鋪買了烏梅，在乾果鋪買了大塊冰糖，不惜工本，仍難如願。信遠齋掌櫃姓蕭，一團和氣，我曾問他何以仿製不成，他回答得很妙：「請您過來喝，別自己費事了。」

信遠齋

北京信遠齋食品廠的前身，是信遠齋蜜果店，建於清乾隆五年（西元一七四〇年），原址在東琉璃廠，清末代皇帝溥儀的老師朱益藩對蜜果脯和酸梅湯非常欣賞，曾題匾「信遠齋蜜果店」掛在門楣。該店兩間鋪面買賣，後院作坊加工，主要經營當令食品，夏天是酸梅湯，入秋加工蜜餞，冬季自製糖葫蘆等。酸梅湯依清宮御膳房秘方加工製作，獨具特色。在文人墨客、社會名流中評價很高，梅蘭芳、馬連良等經常親臨光顧。

信遠齋也賣蜜餞、冰糖子兒、糖葫蘆。以糖葫蘆為最出色。北平糖葫蘆分三種。一種用麥芽糖，北平話是糖稀，可以做大串山裡紅的糖葫蘆，可以長達五尺多，這種大糖葫蘆，新年廠甸賣的最多。麥芽糖裹水杏兒（沒長大的綠杏），很好吃，做糖葫蘆就不見佳，尤其是山裡紅常是爛的或是帶蟲子屎。另一種用白糖和了黏上去，冷了之後白汪汪的一層霜，另有風味。正宗是冰糖葫蘆，薄薄一層糖，透明雪亮。材料種類甚多，諸如海棠、山藥、山藥豆、杏乾、葡萄、橘子、荸薺、核桃，但是以山裡紅為正宗。山裡紅，即山楂，北地盛產，味酸，裹糖則極可口。一般的糖葫蘆皆用半尺來長的竹籤，街頭小販所售，多染塵沙，而且品質粗劣。東安市場所售較為高級。但仍以信遠齋所製為最精，不用竹籤，每一顆山裡紅或海棠均單個獨立，所用之果皆碩大無疵，而且乾淨，放在墊了油紙的紙盒中由客攜去。

離開北平就沒吃過糖葫蘆，實在想念。近有客自北平來，說起糖葫蘆，據稱在北平這種不屬於任何一個階級的食物幾已絕跡。他說我們在臺灣自己家裡也未嘗不可試做，臺灣雖無山裡紅，其他水果種類不少，沾了冰糖汁，放在一塊塗了油的玻璃板上，送入冰箱冷凍，豈不即可等著大嚼？他說他製成之後將邀我共嘗，但是迄今尚無下文，不知結果如何。

鍋燒雞

北平的飯館幾乎全屬煙臺幫；濟南幫興起在後。煙臺幫中致美齋的歷史相當老。清末魏元曠《都門瑣記》談到致美齋：「致美齋以四做魚名，蓋一魚而四做之，子名『萬魚』，與頭尾皆紅燒，醬炙中段，餘或炸炒，或醋溜、糟溜。」致美齋的魚是做得不錯，我所最欣賞的卻別有所在。鍋燒雞是其中之一。

先說致美齋這個地方。店坐落在煤市街，坐東面西，樓上相當寬敞，全是散座。因生意鼎盛，在對面一個非常細窄的盡頭開闢出一個致美樓，樓上樓下全是雅座。但是廚房還是路東的致美齋的老廚房，做好了菜由小利巴提著盒子送過街。所以這個雅座非常清靜。左右兩個樓梯，由左梯上去正面第一個房間是我隨侍先君經常占用的一間，窗戶外面有一棵不知名的大樹遮掩，樹葉很大，風也蕭蕭，無風也蕭蕭，很有情調。我第一次吃醉酒就是在這個房間裡。

幾盃花雕下肚之後還索酒吃，先君不許，我站在凳子上舀起一大杓湯潑將過去，潑濺在先君的兩截衫上，隨後我即暈倒，醒來發覺已在家裡。這一件事我記憶甚清，時年六歲。

鍋燒雞要用小嫩雞，北平俗語稱之爲「桶子雞」，疑係「童子雞」之訛。嚴辰〈憶京都詞〉有一首：

憶京都・桶雞出便宜

衰翁最便宜無齒，
製仿金陵突過之。
不似此間烹不熟，
關西大漢方能嚼。

註云：「京都便宜坊桶子雞，色白味嫩，嚼之可無渣滓。」他所謂便宜坊桶子雞，指生的雞，也可能是指熏雞。早年一圓錢可以買四隻。南京的油雞是有名的，廣東的白切雞也很好，其細嫩並不在北平的之下。嚴辰好像對北平桶子雞有偏愛。

致美齋

致美齋飯莊始創於明末清初，嘉慶十三年（西元一八〇八年）在前門外煤市街開店。原是姑蘇風味菜館，後逐漸形成獨具特色的京味菜肴，並成為達官顯貴、社會名流的飲宴場所。在描寫飲食老字號的話劇「天下第一樓」中，也有當年北京名人以能去致美齋品嘗為榮的情節。致美齋名菜，首推四做魚，點心以悶爐燒餅和和蘿蔔絲餅最有名。

我所謂桶子雞是指那半大不小的雞，也就是做「炸八塊」用的那樣大小的雞。整隻的在醬油裡略浸一下，下油鍋炸，炸到皮黃而脆。同時另鍋用雞雜（即雞肝雞胗雞心）做一小碗滷，連雞一同送出去。照例這隻雞是不用刀切的，要由跑堂的夥計站在門外用手來撕的，撕成一條條的，如果撕出來的雞不夠多，可以在盤子裡墊上一些黃瓜絲。連雞帶滷一起送上桌，把滷澆上去，就成爲爽口的下酒菜。

何以稱之爲鍋燒雞，我不大懂。坐平浦火車路過德州的時候，可以聽到好多老幼婦孺扯著嗓子大叫「燒雞燒雞！」旅客伸手窗外就可以購買。民初時大約一圓可買三隻，燒得焦黃油亮，劈開來吃，鹹漬漬的，挺好吃，（夏天要當心，外表亮光光，裡面可能大蛆咕咕嚷嚷！）這種燒雞是用火燒的，也許館子裡的燒雞加上一個鍋字，以示區別。

煎餛飩

餛飩這個名稱好古怪。宋程大昌《演繁露》：「世言餛飩，是虜中渾沌氏爲之。」有此一說，未必可信。不過我們知道餛飩歷史相當悠久，無分南北到處有之。

兒時，里巷中到了午後常聽見有擔販大聲吆喝：「餛飩——開鍋！」這種餛飩挑子上的餛飩，別有風味，物美價廉。那一鍋湯是骨頭煮的，煮得久，所以是渾渾的、濃濃的。餛飩的皮子薄，餡極少，勉強可以吃出其中有一點點肉。但是佐料不少，蔥花、芫荽、蝦皮、冬菜、醬油、醋、麻油，最後灑上竹節筒裡裝著的黑胡椒粉。這樣的餛飩在別處是吃不到的，誰有工夫去熬那麼一大鍋骨頭湯？

北平的山東館子差不多都賣餛飩。我家胡同口有一個同和館，從前在當地還有一點小名，早晨就賣餛飩和羊肉餡和滷餡的小包子。餛飩做得不錯，湯清味厚，還加上幾小塊雞血幾根豆苗。凡是飯館沒有不備一鍋高湯的（英語所謂「原湯」stock），一碗餛飩舀上一杓高湯，就味道十足。後來「味之素」大行其道，誰還預備原湯？不過善品味的人，一嘗便知道是不是正味。

館子裡賣的餛飩，以致美齋的爲最出名。好多年前，《同治都門紀略》就有讚賞致美齋的餛飩的打油詩：

包得餛飩味勝常，
餡融春韭嚼來香，
湯清潤胸休嫌淡，
咽來方知滋味長。

這是同治年間的事，距民初已有五十年左右，飯館的狀況變化很多，但是他的餛飩仍是不同凡響，主要的原因是湯好。

可是我最激賞的是致美齋的煎餛飩，每個餛飩都包得非常俏式，薄薄的皮子挺拔舒翹，像是天主教修女的白布帽子。入油鍋慢火生炸，炸黃之後再上小型蒸屜猛蒸片刻，立即帶屜上桌。餛飩皮軟而微韌，有異趣。

核桃腰

偶臨某小館，見菜牌上有核桃腰一味，當時一驚，因爲我想起厚德福名菜之一的核桃腰。由於好奇，點來嘗嘗。原來是一盤炸腰花，拌上一些炸核桃仁。軟炸腰花當然是很好吃的一樣菜，如果炸的火候合適。炸核桃仁當然也很好吃，即使不是甜的也很可口。但是核桃仁與腰花雜放在一個盤子裡則似很勉強。一軟一脆，頗不調和。

厚德福的核桃腰，不是核桃與腰合一爐而冶之；這個名稱只是說明這個腰子的做法與眾不同，吃起來有核桃滋味或有吃核桃的感覺。腰子切成長方形的小塊，要相當厚，表面上縱橫劃紋，下油鍋炸，火候必須適當，油要熱而不沸，炸到變黃，取出蘸花椒鹽吃，不軟不硬，咀嚼中有異感，此之謂核桃腰。

一般而論，北地餐館不善治腰。所謂炒腰花，多半不能令人滿意，往往是炒得過火而乾硬，味同嚼蠟。所以有些館子特別標明南炒腰花，南炒也常是虛有其名。熗腰片也不如一般川菜館或湘菜館之做得軟嫩。炒蝦腰本是江浙館的名菜，能精製細做的已不多覯，其他各地餐館仿製者則更不必論。以我個人經驗，福州館子的炒腰花最擅勝場。腰塊切得大大的、厚厚的，略劃縱橫刀紋，做出來其嫩無比，而不帶血水。勾汁也特別考究，微帶甜意。我猜想，可能腰子並未過油，而是水汆，然後下鍋爆炒勾汁。這完全是灶上的火候工夫。此間的閩菜館炒腰花，往往是粗製濫造，略具規模，而不禁品嘗，脫不了「匠氣」。有時候以海蜇皮墊底，或用回鍋的老油條墊底，當然未嘗不可，究竟不如清炒。抗戰期間，偶在某一位作家的岳丈鄭老先生家吃飯，鄭先生是福州人，司法界的前輩，雅喜烹調，他的郇廚所製腰花，做得出神入化，至善至美，一飯至今而不能忘。

豆汁兒

豆汁下面一定要加一個兒字，就好像說雞蛋的時候雞子下面一定要加一個兒字，若沒有這個輕讀的語尾，聽者就會不明白你的語意而生誤解。

胡金銓先生在《談老舍》的一本書上，一開頭就說：不能喝豆汁兒的人算不得是眞正的北平人。這話一點兒也不錯。就是在北平，喝豆汁兒也是以北平城裡的人爲限，城外鄉間沒有人喝豆汁兒，製作豆汁兒的原料是用以餵豬的。但是這種原料，加水熬煮，卻成了城裡人個個歡喜的食物。而且這與階級無關。賣力氣的苦哈哈，一臉漬泥兒，坐小板凳兒，圍著豆汁兒挑子，啃豆腐絲兒捲大餅，喝豆汁兒，就鹹菜兒，固然是自得其樂。府門頭兒的姑娘、哥兒們，不便在街頭巷尾公開露面，和窮苦的平民混在一起喝豆汁兒，也會派底下人或是老媽子拿沙鍋去買回家裡重新加熱大喝特喝。而且不會忘記帶回一碟那挑子上特備的辣鹹菜，家裡儘管有上好的醬菜，不管用，非那個廉價的大醃蘿蔔絲拌的鹹菜不夠味。口有同嗜，不分貧富老少男女。我不知道爲什麼北平人養成這種特殊的口味。南方人到了北平，不可能喝豆汁兒的，就是河北各縣也沒有人能容忍這個異味而不齜牙咧嘴。豆汁兒之妙，一在酸，酸中帶餿腐的怪味。二在燙，只能吸溜吸溜的喝，不能大口猛灌。三在鹹菜的辣，辣得舌尖發麻。越辣越喝，越喝越燙，最後是滿頭大汗。我小時候在夏天喝豆汁兒，是先脫光脊樑，然後才喝，等到汗落再穿上衣服。

自從離開北平，想念豆汁兒不能自已。有一年我路過濟南，在車站附近一個小飯鋪牆上貼著條子說有「豆汁」發售。叫了一碗來吃，原來是豆漿。是我自己疏忽，寫明的是「豆汁」，不是「豆汁兒」。來到臺灣，有朋友說有一家飯館兒賣豆汁兒，乃偕往一嘗。烏糟糟的兩碗端上來，倒是有一股酸餿之味觸鼻，可是稠糊糊的像麥片粥，到嘴裡很難下咽。可見在什麼地方吃什麼東西，勉強不得。

芙蓉雞片

在北平，芙蓉雞片是東興樓的拿手菜。請先說說東興樓。東興樓在東華門大街路北，名為樓其實是平房，三進又兩個跨院，房子不算大，可是間架特高，簡直不成比例，據說其間還有個故事。當初興建的時候，一切木料都已購妥，原是預備建築樓房的，經人指點，靠近皇城根兒蓋樓房有窺視大內的嫌疑，罪不在小，於是利用已有的木材改造平房，間架特高了。據說東興樓的廚師來自御膳房，所以烹調頗有一手，這已不可考。其手藝屬於煙臺一派，格調很高。在北京山東館子裡，東興樓無疑的當首屈一指。

民國十五年夏，時昭瀛自美國回來，要設筵邀請同學一敘，央我提調，我即建議席設東興樓。彼時燕翅席一桌不過十六元，小學教師月薪僅三十餘元，昭瀛堅持要三十元一桌。我到東興樓吃飯，順便訂席。櫃上聞言一驚，曰：「十六元足矣，何必多費？」我不聽。開筵之日，珍錯雜陳，豐美自不待言。

今昔北京東興樓飯莊（北京東興樓飯莊／提供）

最滿意者，其酒特佳。我吩咐茶房打電話到長發叫酒，茶房說不必了，櫃上已經備好。原來櫃上藏有花雕埋在地下已逾十年，取出一罈，羼以新酒，斟在大口淺底的細瓷酒碗裡，色澤光潤，醇香撲鼻，生平品酒此爲第一。似此佳釀，酒店所無。而其開價並不特昂，專爲留待嘉賓。當年北京大館風範如此。預宴者吳文藻、謝冰心、瞿菊農、謝奮程、孫國華等。

北京飯館跑堂都是訓練有素的老手。剝蒜剝蔥剝蝦仁的小利巴，熬到獨當一面的跑堂，至少要到三十歲左右的光景。對待客人，親切周到而有分寸。在這一方面東興樓規矩特嚴。我幼時侍先君飲於東興樓，因上菜稍慢，我用牙箸在盤碗的沿上輕輕敲了叮噹兩響，先君急止我曰：「千萬不可敲盤碗作響，這是外鄉客粗魯的表現。你可以高聲喊人，但是敲盤碗表示你要掀桌子。在這裡，若是被櫃上聽到，就會立刻有人出面賠不是，而且那位當值的跑堂就要捲鋪蓋，眞個的捲鋪蓋，有人把門簾高高掀起，讓你親見那個跑堂扛著鋪蓋捲兒從你門前急馳而過。不過這是表演性質，等一下他會從後門又轉回來的。」跑堂待客要慇懃，客也要有相當的風度。

現在說到芙蓉雞片。芙蓉大概是蛋白的意思，原因不明，「芙蓉蝦仁」、「芙蓉干貝」、「芙蓉青蛤」皆曰芙蓉，料想是忌諱蛋字。取雞胸肉，細切細

東興樓

東興樓飯莊創於清光緒二十八年（一九〇二年），坐落在東安門大街路北。「八大樓」是北京人對舊日八家魯系飯館的總稱，以東興樓為首。東興樓東家有二，一位姓劉，在宮裡管書，外號書劉，一位是姓何的大財主。他們請了一位領東（總經理）安樹塘，精明幹練，深通經營之道，為人卻又忠厚敦誠。他對兩位東家說：東興樓占了「天時」，又占了「地利」，而「人和」請二位東家放心，看我的了。安樹塘每天清晨第一個到店裡，晚上等大家幹完活，才肯離去。逢年過節，先到各位師傅家拜訪問安。平時，和店裡人吃一樣菜飯，從不特殊。他贏得上下信服，同心合力，生意興隆。

斬，使成泥。然後以蛋白攪和之，攪到融和成爲一體，略無渣滓，入溫油鍋中攤成一片片狀。片要大而薄，薄而不碎，熟而不焦。起鍋時加嫩豆苗數莖，取其翠綠之色以爲點綴。如灑上數滴雞油，亦甚佳妙。製作過程簡單，但是在火候上恰到好處則見功夫。東興樓的菜概用中小盤，菜僅蓋滿碟心，與湘菜館之長箸大盤迥異其趣。或病其量過小，殊不知美食者不必是饕餮客。

抗戰期間，東興樓被日寇盤據爲隊部。勝利後我返回故都，據聞東興樓移帥府園營業，訪問之後大失所望。蓋已名存實亡，無復當年手藝。菜用大盤，粗劣庸俗。

烏魚錢

東興樓又一名饌曰烏魚錢。做法簡單，江浙館皆優爲之，而在北平東興樓最擅勝場。

烏魚就是墨魚，亦稱烏賊。不是我們這裡盛產烏魚子的烏魚。俗謂烏魚蛋，因蛋字不雅，以其小小圓圓薄薄的形狀似制錢，故稱烏魚錢。而事實上也不是蛋，魚卵哪有這麼大？誰又有本領把它切得那樣薄，那樣勻？我一直以爲那是蛋，有一年在青島順興樓飲宴，上了這樣一碗羹，皆誇味美，座中有一位曾省教授，是研究海洋魚產的專家，他說這是烏賊的子宮，等於包著魚卵的胞衣，晒乾之後就成了片片的形狀，我這才恍然大悟。

烏魚錢製羹，要用清澈的高湯。魚錢發好，洗淨入沸湯煮熟，略勾粉芡，但勿過稠，臨上桌時灑芫荽末、胡椒粉，加少許醋，使微酸，殺腥氣。

韭菜簍

韭菜是蔬菜中最賤者之一，一年四季到處有之。有一股強烈濃濁的味道，所以惡之者謂之臭，喜之者謂之香。道家列入五葷一類，與蔥蒜同科。但是事實上喜歡吃韭菜的人多，而且雅俗共賞。

有一年我在青島寓所後山坡閒步，看見一夥石匠在鑿石頭打地基，將近歇晌的時候，有人擔了兩大籠屜的韭菜餡醱麵餃子來，揭開籠屜蓋熱氣騰騰，每人伸手拿起一隻就咬，一陣風吹來一股韭菜味，香極了。我不由得停步，看他們狼吞虎嚥，大約每個人吃兩隻就夠了，因爲每隻長約半尺。隨後又擔來兩桶開水，大家就用瓢舀著吃。像是《水滸傳》中人一般的豪爽。我從未見過像這一群山東大漢之吃得那樣的淋漓盡致。

我們這裡街頭巷尾也常有人製賣韭菜盒子，大概都是山東老鄉。所謂韭菜盒子是油煎的，其實標準的韭菜盒子是乾烙的，不是油煎的。不過油煎得黃澄澄的也很好，可是通常餡子不大考究，粗老的韭菜葉子沒有細切，而且羼進粉絲或是豆腐渣什麼的，味精少不了。

中山北路有一家北方館（天興樓？）賣過一陣子比較像樣的韭菜盒子，乾烙無油，可是不久就關張了。天廚點心部的韭菜盒子是出名的，小小圓圓，而不是一般半月形，做法精細，材料考究，也是油煎的。

以上所說都是以韭菜餡爲標榜的點心。現在要說東興樓的韭菜簍。事實上是韭菜包子，而名曰簍，當然有其特點。麵醱得好，潔白無疵，沒有斑點油皮，而且捏法特佳，細褶匀稱，捏合處沒有麵疙瘩，最特別的是蒸出來盛在盤裡一個個的高壯聳立，不像一般軟趴趴的扁包子，底直徑一寸許，高幾達二寸，像是竹簍似的骨立挺拔。看上去就很美觀，我疑心是利用筒狀的模型。餡子也講究，粗大的韭菜葉一概捨去，專選細嫩部分細切，然後拌上切碎了的生板油丁。蒸好之後，脂油半融半呈晶瑩的碎渣，使得韭菜變得軟潤合度。像這樣的韭菜簍端上一盤，你縱然已有飽意，也不能不取食一兩個。

普通人家都會做韭菜簍，只是韭菜餡包子而已，眞正夠標準的韭菜簍，要讓東興樓獨步。

蟹

蟹是美味，人人喜愛，無間南北，不分雅俗。當然我說的是河蟹，不是海蟹。在臺灣有人專誠飛到香港去吃大閘蟹。好多年前我的一位朋友從香港帶回了一簍螃蟹，分饗了我兩隻，得膏饞脗。蟹不一定要大閘的，秋高氣爽的時節，大陸上任何湖沼溪流，岸邊稻米高粱一熟，率多盛產螃蟹。在北平，在上海，小販擔著螃蟹滿街吆喚。

七尖八團，七月裡吃尖臍（雄），八月裡吃團臍（雌），那是蟹正肥的季節。記得小時候在北平，每逢到了這個季節，家裡總要大吃幾頓，每人兩隻，一尖一團。照例通知長發送五斤花雕全家共飲。有蟹無酒，那是大殺風景的事。《晉書・畢卓傳》：「右手持酒杯，左手持蟹螯，拍浮酒船中，便足了一生矣！」我們雖然沒有那樣狂，也很覺得樂陶陶了。母親對我們說，她小時候在杭州家裡吃螃蟹，要慢條斯理，細吹細打，一點蟹肉都不能糟蹋，食畢要把破碎的蟹殼放在戥子上稱一下，看誰的一份份量輕，表示吃得最乾淨，有獎。我心粗氣浮，沒有耐心，蟹的小腿部分總是棄而不食，肚子部分囫圇略咬而已。每次食畢，母親教我們到後院採擇艾尖一大把，搓碎了洗手，去腥氣。

在餐館裡吃「炒蟹肉」，南人稱炒蟹粉，有肉有黃，免得自己剝殼，吃起來痛快，味道就差多了。西餐館把蟹肉剝出來，塡在蟹匡裡（蟹匡即蟹殼）烤，那種吃法別致，也索然寡味。食蟹而不失原味的唯一方法是放在籠屜裡整隻的蒸。在北平吃螃蟹唯一好去處是前門外肉市正陽樓。他家的蟹特大而肥，從天津運到北平的大批蟹，到車站開包，正陽樓先下手挑撿其中最肥大者，比普通擺在市場或擔販手中者可以大一倍有餘，我不知道他是怎樣獲得這一特權的。蟹到店中畜在大缸裡，澆雞蛋白催肥，一兩天後才應客。我曾掀開缸蓋看過，滿缸的蛋白泡沫。食客每人一份小木槌小木墊，黃楊木製，鏇床子定製的，小巧合用，敲敲打打，可免牙咬手剝之勞。我們因為是老主顧，夥計送了我們好幾副這樣的工具。這個夥計還有一個絕招，能吃活蟹，請他表演他也不辭。他取來一隻活蟹，兩指掐住蟹匡，任牠雙螯亂舞，輕輕把臍掰開，咔嚓一聲把蟹殼揭開，然後扯碎入口大嚼。看得人無不心驚。據他說味極美，想來也和吃熗活蝦差不多。在正陽樓吃蟹，每客一尖一團足矣，然後補上一碟烤羊肉夾燒餅而食之，酒足飯飽。別忘了要一碗汆大甲，這碗湯妙趣無窮，高湯一碗煮沸，投下剝好了的蟹螯七八塊，立即起鍋注在碗內，灑上芫荽末、胡椒粉，和切碎了的回鍋老油條。除了這一味汆大甲，沒有任何別的羹湯可以壓得住這一餐飯的陣腳。以蒸蟹始，以大甲湯終，前後照應，猶如一篇起承轉合的文章。

蟹黃蟹肉有許多種吃法，燒白菜、燒魚脣、燒魚翅，都可以。蟹黃燒賣則尤其可口，惟必須眞有蟹黃蟹肉放在餡內才好，不是一兩小塊蟹黃擺在外面作樣子的。蟹肉可以醃後收藏起來，是爲蟹胥，俗名爲蟹醬，這是我們古已有之的美味。《周禮・天官・庖人注》：「青州之蟹胥」。青州在山東，我在山東住過，卻不曾吃過青州蟹胥，但是我有一位家在蕪湖的同學，他從家鄉帶了一小罈蟹醬給我。打開罈子，黃澄澄的蟹油一層，香氣撲鼻。一碗陽春麵，加進一兩匙蟹醬，豈只是「清水變雞湯」？

海蟹雖然味較差，但是個子粗大，肉多。從前我乘船路過煙臺威海衛，停泊之後，舢板雲集，大半是販賣螃蟹和大蝦的。都是煮熟了的。價錢便宜，買來就可以吃。雖然微有腥氣，聊勝於無。生平吃海蟹最滿意的一次，是在美國華盛頓州的安哲利斯港的碼頭附近，買得兩隻巨蟹，碩大無朋，從冰櫃裡取出，卻十分新鮮，也是煮熟了的，一家人乘等候渡輪之便，在車上分而食之，味甚鮮美，和河蟹相比各有千秋，這一次的享受至今難忘。

陸放翁詩：「磊落金盤薦糖蟹。」我不知道螃蟹可以加糖。可是古人記載確有其事。《清異錄》：「煬帝幸江州，吳中貢糖蟹。」《夢溪筆談》：「大業中，吳郡貢蜜蟹二千頭。……又何胤嗜糖蟹。大抵南人嗜鹹，北人嗜甘，魚蟹加糖蜜，蓋便於北俗也。」如今北人沒有這種風俗，至少我沒有吃過甜螃蟹，我只吃過南人的醉蟹，眞鹹！螃蟹蘸薑醋，是標準的吃法，常有人在醋裡加糖，變成酸甜的味道，怪！

炸丸子

我想人沒有不愛吃炸丸子的，尤其是小孩。我小時候，根本不懂什麼五臭八珍，只知道小炸丸子最爲可口。肉剁得鬆鬆細細的，炸得外焦裡嫩，入口即酥，不需大嚼，既不吐核，又不摘刺，蘸花椒鹽吃，一口一個，實在是無上美味。可惜一盤丸子只有二十來個，桌上人多，分下來差不多每人兩三個，剛把饞蟲誘上喉頭，就難以爲繼了。我們住家的胡同口有一個同和館，近在咫尺，有時家裡來客留飯，就在同和館叫幾個菜作爲補充，其中必有炸丸子，亦所以饜我們幾個孩子所望。有一天，我們兩三個孩子偎在母親身邊閒話，我的小弟弟不知怎麼的心血來潮，沒頭沒腦的冒出這樣的一句話：「媽，小炸丸子要多少錢一碟？」我們聽了轟然大笑，母親卻覺得一陣心酸，立即派傭人到同和館買來一碟小炸丸子，我們兩三個孩子伸手抓食，每人分到十個左右，心滿意足。事隔七十多年，不能忘記那一回吃小炸丸子的滋味。

炸丸子上面加一個「小」字，不是沒有緣由的。丸子大了，炸起來就不容易炸透。如果炸透，外面一層又怕炸過火。所以要小。有些館子稱之爲櫻桃丸子，也不過是形容其小。其實這是誇張，事實上總比櫻桃大些。要炸得外焦裡嫩有一個訣竅。先用溫油炸到八分熟，撈起丸子，使稍冷卻，在快要食用的時候投入沸油中再炸一遍。這樣便可使外面焦而裡面不至變老。

爲了偶爾變換樣子，炸丸子做好之後，還可以用蔥花醬油芡粉在鍋裡勾一些滷，加上一些木耳，然後把炸好的丸子放進去滾一下就起鍋，是爲溜丸子。

如果用高湯煮丸子，而不用油煎，煮得白白嫩嫩的，加上一些黃瓜片或是小白菜心，也很可口，是爲汆丸子。若是趕上毛豆剛上市，把毛豆剁碎羼在肉裡，也很別致，是爲毛豆丸子。

湖北館子的蓑衣丸子也很特別，是用丸子裹上糯米，上屜蒸。蒸出來一個個的黏著挺然翹然的米粒，好像是披了一件蓑衣，故名。這道菜要做得好，並不難，糯米先泡軟再蒸，就不會生硬。我不知道爲什麼湖北人特喜糯米，豆皮要包糯米，燒賣也要包糯米，丸子也要裹上糯米。我私人以爲除了粽子湯團和八寶飯之外，糯米派不上什麼用場。

北平醬肘子鋪（即便宜坊）賣一種炸丸子，扁扁的，外表疙瘩嚕嚇，裡面全是一些筋頭麻腦的剔骨肉，價錢便宜，可是風味特殊，當做火鍋的鍋料用最為合適。我小時候上學，如果手頭敷餘，買個炸丸子夾在燒餅裡，愜意極了，如今回想起來還回味無窮。

最後還不能不提到「烏丸子」。一半炸豬肉丸子，一半炸雞胸肉丸子，盛在一個盤子裡，半黑半白，很是別致。要有一小碗滷汁，蘸滷汁吃才有風味。為什麼叫烏丸子，我不知道，大概是什麼一位姓烏的大老爺所發明，故以此名之。從前有那樣的風氣，人以菜名，菜以人名，如潘魚江豆腐之類皆是。

佛跳牆

佛跳牆的名字好怪。何物美味竟能引得我佛失去定力跳過牆去品嘗？我來臺灣以前沒聽說過這一道菜。

《讀者文摘》（一九八三年七月份中文版）引載可叵的一篇短文〈佛跳牆〉，據她說佛跳牆「那東西說來眞罪過，全是葷的，又是豬腳，又是雞，又是海參、蹄筋，燉成一大鍋。……這全是廣告噱頭，說什麼這道菜太香了，香得連佛都跳牆去偷吃了。」我相信她的話，是廣告噱頭，不過佛都跳牆，我也一直的躍躍欲試。

同一年三月七日《青年戰士報》有一位鄭木金先生寫過一篇〈油畫家楊三郎祖傳菜名聞藝壇——佛跳牆耐人尋味〉，他大致說：「傳自福州的佛跳牆……在臺北各大餐館正宗的佛跳牆已經品嘗不到了。……偶爾在一般鄉間家庭的喜筵裡也會出現此道臺灣名菜，大都以芋頭、魚皮、排骨、金針菇爲主要配料。

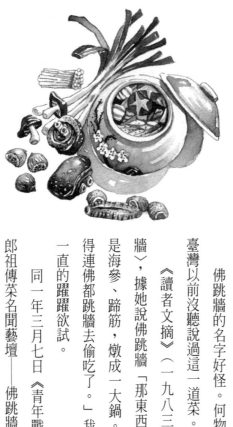

其實源自福州的佛跳牆，配料極其珍貴。楊太太許玉燕花了十多天閒工夫才能做成的這道菜，有海參、豬蹄筋、紅棗、魚刺、魚皮、栗子、香菇、蹄膀筋肉等十種昂貴的配料，先熬雞汁，再將去肉的雞汁和這些配料予以慢工出細活的好幾遍煮法，前後計時將近兩星期……已不再是原有的各種不同味道，而合為一味。香醇甘美，齒頰留香，兩三天仍回味無窮。」這樣說來，佛跳牆好像就是一鍋煮得稀趴爛的高級大雜燴了。

北方流行的一個笑話，出家人吃齋茹素，也有老和尚忍耐不住想吃葷腥，暗中買了豬肉運入僧房，乘大眾入睡之後，納肉於釜中，取佛堂燃剩之蠟燭頭一罐，輪番點燃蠟燭頭於釜下燒之。恐香氣外溢，乃密封其釜使不透氣。一罐蠟燭頭於一夜之間燒光，細火久燜，而釜中之肉爛矣，而且酥軟味腴，迥異尋常。戲名之為「蠟頭燉肉」。這當然是笑話，但是有理。

我沒有方外的朋友，也沒吃過蠟頭燉肉，但是我吃過「罈子肉」。罈子就是瓦缽，有蓋，平常做儲食物之用。罈子不需大，高半尺以內最宜。肉及佐料放在罈子裡，不需加水，密封罈蓋，文火慢燉，稍加冰糖。抗戰時在四川，冬日取暖多用炭盆，亦頗適於做罈子肉，以罈置定盆中，燒一大盆缸炭，坐罈子於炭火中而以灰覆炭，使徐徐燃燒，約十小時後炭未盡成燼而罈子肉熟矣。純用精肉，佐以蔥薑，取其不失本味，如加配料以筍為最宜，因為筍不奪味。

「東坡肉」無人不知。究竟怎樣才算是正宗的東坡肉，則去古已遠，很難說了。幸而東坡有一篇〈豬肉頌〉：

淨洗鐺，少著水，
柴頭灶煙燄不起。
待他自熟莫催他，
火候足時他自美。
黃州好豬肉，價錢如泥土，
貴者不肯食，貧者不解煮。
早晨起來打兩碗，
飽得自家君莫管。

看他的說法，是晚上煮了第二天早晨吃，無他祕訣，小火慢煨而已。也是循蠟頭燉肉的原理。就是罈子肉的別名吧？

一日，唐嗣堯先生招余夫婦飲於其巷口一餐館，云其佛跳牆值得一嘗，乃欣然往。小罐上桌，揭開罐蓋熱氣騰騰，肉香觸鼻。是否及得楊三郎先生家的佳製固不敢說，但亦頗使老饕滿意。可惜該餐館不久歇業了。

我不是遠庖廚的君子，但是最怕做紅燒肉，因爲我性急而健忘，十次燒肉九次燒焦，不但糟蹋了肉，而且燒毀了鍋，滿屋濃煙，鄰人以爲是失了火。近有所謂電慢鍋者，利用微弱電力，可以長時間的煨煮肉類，對於老而且懶又沒有記性的人頗爲有用，曾試烹近似佛跳牆一類的紅燒肉，很成功。

栗子

栗子以良鄉的最爲有名。良鄉縣在河北，北平的西南方，平漢鐵路線上。其地盛產栗子。然栗樹北方到處皆有，固不必限於良鄉。

我家住在北平大取燈胡同的時候，小園中亦有栗樹一株，初僅丈許，不數年高二丈以上，結實纍纍。果苞若刺蝟，若老雞頭，遍體芒刺，內含栗兩三顆。熟時不摘取則自行墜落，苞破而栗出。搗碎果苞取栗，有漿液外流，可做染料。後來我在嶗山上看見過巨大的栗子樹，高三丈以上，果苞落下狼藉滿地，無人理會。

在北平，每年秋節過後，大街上幾乎每一家乾果子鋪門外都支起一個大鐵鍋，翹起短短的一截煙囪，一個小利巴揮動大鐵鏟，翻炒栗子。不是乾炒，是用沙炒，加上糖使沙結成大大小小的粒，所以叫做糖炒栗子。煙煤的黑煙擴散，嘩啦嘩啦的翻炒聲，間或有栗子的爆炸聲，織成一片好熱鬧的晚秋初冬的景致。孩子們沒有不愛吃栗子的，幾個銅板買一包，草紙包起，用麻莖兒綑上，熱呼呼的，有時簡直是燙手熱，拿回家去一時捨不得吃完，藏在被窩垛裡保溫。

煮鹹水栗子是另一種吃法。在栗子上切十字形裂口，在鍋裡煮，加鹽。栗子是甜滋滋的，加上鹹，別有風味。煮時不妨加些八角之類的香料。冷食熱食均佳。

但是最妙的是以栗子做點心。北平西車站食堂是有名的西餐館。所製「奶油栗子麵兒」或稱「奶油栗子粉」實在是一絕。栗子磨成粉，就好像花生粉一樣，乾鬆鬆的，上面澆大量奶油。所謂奶油就是打攪過的奶油（whipped cream）。用小杓取食，味妙無窮。奶油要新鮮，打攪要適度，打得不夠稠固然不好吃，打過了頭卻又稀釋了。東安市場的中興茶樓和國強西點鋪後來也仿製，工料不夠水準，稍形遜色。北海仿膳之栗子麵小窩頭，我吃不出栗子味。

杭州西湖煙霞嶺下翁家山的桂花是出名的，尤其是滿家弄，不但桂花特別的香，而且桂花盛時栗子正熟，桂花煮栗子成了路邊小店的無上佳品。徐志摩告訴我，每值秋後必去訪桂，吃一碗煮栗子，認為是一大享受。有一年他去了，桂花被雨摧殘淨盡，他感而寫了一首詩〈這年頭活著不易〉。

十幾年前在西雅圖海濱市場閒逛，出得門來忽聞異香，遙見一義大利人推小車賣炒栗。論個賣——五角錢一個，我們一家六口就買了六顆，坐在車裡分而嘗之。如今我們這裡到冬天也有小販賣「良鄉栗子」了。韓國進口的栗子大而無當，並且糊皮，不足取。

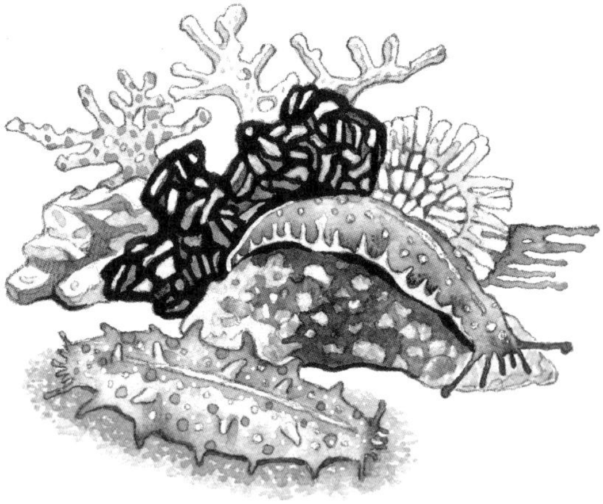

海參

海參不是什麼珍貴的東西。但是乾貨，在烹調之前先要發開。發海參的手續不簡單，需要很久時間（現在市場有現成發好的海參，從前是沒有的）。所以從前家常菜裡沒有海參，只有餐館裡或整桌席裡才得一見。

我一向以爲外國人不吃海參，他們看見我們吃海參，一定以爲我們不是嘴饞便是野蠻，連「海胡瓜」都不肯饒。其實是我孤陋寡聞，外國人也吃海參，不過他們的吃法不同。他們吃我們要刮去丟掉的海參裡面那一層皮，而我們吃他們所要丟掉的海參外面帶刺的厚厚一層膠質。活的海參，我在外國的水族館裡看見過，各種顏色俱備，黑的、白的、棕色的、斑駁的。咕咕囔囔的，不好看。鮮的海參，沒吃過。

因爲海參並不太珍貴，所以在飯莊子裡所謂「海參席」乃是次等的席，次於所謂「魚翅席」、「燕翅席」。在海參席裡，海參是主菜，通常是一大盤「趴爛海參」，名爲趴爛，其實還是卜楞卜楞的居多。如果用象牙筷子去夾，還不大容易平平安安的夾到嘴邊。

餐館裡的一道名菜「紅燒大烏」。大烏就是黑色的體積特大的海參，又名烏參。上好的海參要有刺，又叫刺參。紅燒大烏以淮揚館子做得最好。五十年前北平西長安街一連有十幾家大大小小的淮揚館子，取名都叫什麼什麼「春」。我記不得是哪一家春了，所做紅燒大烏特別好。每一樣菜都用大小不同的瓷蓋碗。這樣既可保溫又顯得美觀。紅燒大烏上桌，茶房揭開碗蓋，赫然兩條大烏並排橫臥，把蓋碗擠得滿滿的。吃這道菜不能用筷子，要使羹匙，像吃八寶飯似的一匙匙的挑取。碗裡沒有配料，頂多有三五條冬筍。但是汁漿很濃，裡面還羼有蝦子。這道菜的妙處，不在味道，而是在對我們觸覺的滿足。我們品嘗美味有時兼顧到觸覺。紅燒大烏吃在嘴裡，有滑軟細膩的感覺，不是一味的爛，而是爛中保有一點酥脆的味道。這道菜如果火候不到，則海參的韌性未除，隱隱然和齒牙作對，便非上乘了。我離開北平之後還沒嘗過標準的海參。

涼拌海參又是一種吃法。夏天誰都想吃一點涼的東西，酒席上四個冷葷，其實不冷，不如把四個冷葷免除，換上一大盤涼拌海參。海參煮過冷卻，切成長長的細絲，越細越好，放進冰箱待用。另外預備一小碗三和油（即醬油醋麻油），一小碗稀釋了的芝麻醬，一小碟蒜泥，上桌時把這配料澆在海參上拌勻，既涼且香，非常爽口，比裡脊絲拉皮好吃多了。這是我先君傳授給我的吃法，屢試皆受歡迎。

滿漢細點

北平的點心店叫做餑餑鋪。都有一座細木雕花的門臉兒，吊著幾個木牌，上面寫著「滿漢細點」什麼的。可是餑餑都藏在裡面幾個大盒子大櫃子裡，並不展示在外，而且也沒有什麼貨品價格表之類的東西。進得鋪內，只覺得乾乾淨淨，空空洞洞，香味撲鼻。

滿漢細點，究竟何者爲滿何者爲漢，現已分辨不清。至少從名稱看來，「薩其瑪」該是滿洲點心。我請教過滿洲旗人，據告薩其瑪是滿文的蜜甜之意，我想大概是的。這東西是油炸黃米麵條，像蜜供似的，但是很細很細，加上蜜拌勻，壓成扁扁的一大塊，上面灑上白糖和染紅了的白糖，再加上一層青絲紅絲，然後切成方形的塊塊。很甜，很軟和，但是很好吃。如今全國各處無不製售薩其瑪，塊頭太大太厚，麵條太粗太硬，蜜太少，名存實亡，全不對勁。

蜂糕也是北平特產，有黃白兩種，味道是一樣的。是用糯米粉調製蒸成，呈微細蜂窩狀，故名。質極鬆軟，微黏，與甜麵包大異其趣。內羼少許核桃仁，外裹以薄薄的豆腐皮以防黏著蒸器。蒸熱再吃尤妙，最宜病後。

花糕月餅是秋季應時食品。北方的翻毛月餅，並不優於江南的月餅，更與廣式月餅不能相比，不過其中有一種山楂餡的翻毛月餅，薄薄的小小的，我認為風味很好，別處所無。大抵月餅不宜過甜，不宜太厚，山楂餡帶有酸味，故不覺其膩。至於花糕，則是北平獨有之美點，在秋季始有發售，有麤細兩品，有葷素兩味。主要的是兩片棗泥餡的餅，用模子製成，兩片之間夾列胡桃、紅棗、松子、縮葡之類的乾果，上面蓋一個紅戳子，貼幾片芫荽葉。清李靜山《都門彙纂》裡有這樣一首〈竹枝詞〉：

> 中秋才過近重陽，
> 又見花糕各處忙。
> 麵夾雙層多棗栗，
> 當筵題句傲劉郎。

一般餑餑鋪服務周到。我家小園有一架紫藤，花開纍纍，滿樹滿枝，乃摘少許，洗淨，送交餑餑鋪代製藤蘿餅，鮮花新製，味自不同。又紅玫瑰初放（西洋品種肥大而豔，但少香氣），亦常摘取花瓣，送交肆中代製玫瑰餅，氣味濃馥，不比尋常。

說良心話，北平餅餌除上述幾種之外很少令人懷念的。有人豔稱北平的「大八件」「小八件」，實在令人難以苟同。所謂大八件無非是油糕、蓼花、大自來紅、自來白等等，小八件不外是雞油餅、捲酥、綠豆糕、槽糕之類。自來紅自來白乃是中秋上供的月餅，餡子裡面有些冰糖，硬邦邦的，大概只宜於給兔兒爺吃。蓼花甜死人！綠豆糕噎死人！大八件小八件如果裝在盒子裡，那盒子也嚇人，活像一口小棺材，而木板尚未刨光。若是打個蒲包，就好看得多。

有所謂「缸撈」者，有人寫做「乾酪」，我不知究竟怎樣寫法。是圓餅子，中央微凸，邊微薄，無餡，上面常灑上幾許桂花，故稱桂花缸撈。探視婦人產後，常攜此爲餽贈。此物鬆軟合度，味道頗佳，我一向喜歡吃，後來聽一位在外鄉開點心鋪的親戚說，此物乃是聚集簸籮裡的各種餑餑碎渣加水糅合再行烘製而成。然物美價廉不失爲一種好的食品。「薄脆」也不錯，又薄又脆。都算是平民食物。

「茯苓餅」其實沒有什麼好吃，沾光茯苓二字。《淮南子》：「千年之松，下有茯苓。」是一種地下菌，生在山林中松根之下。李時珍說：「蓋松之神，靈之氣，伏結而成。」無端給它加上神靈色彩，於是乃入藥，大概吃了許有什麼神奇之效。北平前門大街正明齋所製茯苓餅最負盛名，從前北人南遊常攜此物餽贈親友。直到如今，有人從北平出來還帶一盒茯苓餅給我，早已脆碎堅硬不堪入口。即使是新鮮的，也不過是飛薄的兩片米粉糊烘成的餅，夾以黑糊糊的一些碎糖黑渣而已。

滿洲餑餑還有一品叫做「桌張」，俗稱餑餑桌子，是喪事人家常用的祭禮。半生不熟的白麵餅子，稍加一些糖，堆積起來一層層的有好幾尺高，放在靈前供臺上的兩旁。凡是本家姑奶奶之類的親屬沒有不送餑餑桌子的，可壯觀瞻，不堪食用。喪事過後，棄之可惜，照例分送親友以及傭人小孩。我小時候遇見幾次喪事，分到過十個八個這樣的餑餑，童子無知，稱之為「死人餑餑」，放在火爐口邊烤熟，啃起來也還不錯，比根本沒有東西吃好一些。清人得碩亭竹枝詞〈草珠一串〉有一首詠其事：

滿洲糕點樣原繁，
踵事增華不可言，

惟有桌張遺舊制，
幾同告朔餼羊存。

菜包

華北的大白菜堪稱一絕。山東的黃芽白銷行江南一帶。我有一家親戚住在哈爾濱，其地苦寒，蔬菜不易得，每逢陰年倩人帶去大白菜數頭，他們如獲至寶。在北平，白菜一年四季無缺，到了冬初便有推小車子的小販，一車車的白菜沿街叫賣。普通人家都是整車的買，留置過冬。夏天是白菜最好的季節，吃法太多了，炒白菜絲、栗子燒白菜、熬白菜、醃白菜怎樣吃都好。但是我最欣賞的是菜包。

取一頭大白菜，擇其比較肥大者，一層層的剝，剝到最後只剩一個菜心。每片葉子上一半作圓弧形，下一半白菜幫子酌量切去。弧形菜葉洗淨待用。準備幾樣東西：

一、蒜泥拌醬一小碗。

二、炒麻豆腐一盤。麻豆腐是綠豆製粉絲剩下來的渣子，發酵後微酸，作灰綠色。此物他處不易得。用羊尾巴油炒最好，加上一把青豆更好。炒出來像是一攤爛稀泥。

三、切小肚兒丁一盤。小肚兒是豬尿泡灌豬血芡粉煮成的，作粉紅色，加大量的松子在內，有異香。醬肘子鋪有賣。

四、炒豆腐鬆。炒豆腐成碎屑，像炒鴿鬆那個樣子，起鍋時大量加蔥花。

五、炒白菜絲，要炒爛。

取熱飯一碗，要小碗飯大碗盛。把蒜醬抹在菜葉的裡面，要抹勻。把麻豆腐、小肚兒、豆腐鬆、炒白菜絲一起拌在飯碗裡，要拌勻。把這碗飯取出一部分放在菜葉裡，包起來，雙手捧著咬而食之。吃完一個再吃一個，吃得滿臉滿手都是菜汁飯粒，痛快淋漓。

據一位旗人說這是滿洲人吃法，緣昔行軍時沿途取出菜葉包剩菜而食之。但此法一行，無不稱妙。我曾數度以此待客，皆讚不絕口。

糟蒸鴨肝

糟就是酒滓，凡是釀酒的地方都有酒糟。《楚辭・漁父》：「何不餔其糟而歠其釃？」可見自古以來酒糟就是可以吃的。我們在攤子上吃的醪糟蛋（醪音撈），醪糟乃是我們人人都會做的甜酒釀，還不是我們所謂的糟。說也奇怪，我們臺灣盛產名酒，想買一點糟還不太容易。只有到山東館子吃糟溜魚片才得一嘗糟味，但是有時候那糟還不是眞的，不過是甜酒釀而已。

糟的吃法很多。糟溜魚片固然好，糟鴨片也是絕妙的一色冷葷，在此地還不曾見過，主要原因是鴨不夠肥嫩。北平東興樓或致美齋的糟鴨片，切成大薄片，有肥有瘦有皮有肉，是下酒的好菜。《儒林外史》第十四回馬二先生看見酒店櫃臺上盛著糟鴨，「沒有錢買了吃，喉嚨裡嚥唾沫」。所說的糟鴨是剛出鍋的滾熱的，和我所說的冷盤糟鴨片風味不同。下酒還是冷的好。稻香村的糟鴨蛋也很可口，都是靠了那一股糟味。

福州館子所做紅糟的菜是有名的。所謂紅糟乃是紅麴，另是一種東西。是粳米做成飯，拌以麴母，令其發熱，冷卻後灑水再令其發熱，往覆幾次即成紅麴。紅糟肉、紅糟魚，均是美味，但沒有酒糟香。

現在所要談到的糟蒸鴨肝是山東館子的拿手，而以北平東興樓的為最出色。東興樓的菜出名的分量少，小盤小碗，但是精，不能供大嚼，只好細品嘗。所做糟蒸鴨肝，精選上好鴨肝，大小合度，剔洗乾淨，以酒糟蒸熟。妙在湯不渾濁而味濃，而且色澤鮮美。

有一回梁寒操先生招飲於悅賓樓，據告這是于右老喜歡前去小酌的地方，而且以糟蒸鴨肝為其售品之一。嘗試之下，果然名不虛傳，惟稍嫌粗，肝太大則質地容易沙硬。在這地方能吃到這樣的菜，難得可貴。

魚翅

魚翅通常是酒席上的一道大菜。有紅燒的，有清湯的，有墊底的（三絲底），有不墊底的。平平淺淺的一大盤，每人輪上一筷子也就差不多可以見底了。我有一位朋友，篤信海味必需加醋，一見魚翅就連呼侍者要醋，侍者滿臉的不高興，等到一小碟醋送到桌上，盤裏的魚翅早已不見蹤影。我又有一位朋友，他就比較聰明，隨身自帶一小瓶醋，隨時掏出應用。

魚翅就是鯊魚（鮫）的鰭，脊鰭、胸鰭、腹鰭、尾鰭。外國人是棄置不用的廢物，看見我們視爲席上之珍，傳爲笑談。尾鰭比較壯大，最爲貴重，內行人稱之爲「黃魚尾」。抗戰期間四川北碚厚德福飯莊分號，中了敵機投下的一彈，店毀人亡，調貨狼藉飛散，事後撿回物資包括黃魚尾二三十塊，暫時堆放舍下。我欲取食，無從下手。因爲魚翅是乾貨，發起來好費手腳。即使發得好，烹製亦非易易，火候不足則不爛，火候足可又怕縮成一團。其中有訣竅，非外行所能爲。後來我託人把那二三十塊魚翅帶到昆明分號去了。

北平飯莊餐館魚翅席上的魚翅，通常只是虛應故事，選材不佳，火候不到，一根根的脆骨劍拔弩張的樣子，吃到嘴裡扎扎呼呼。下焉者翅鬚細小，芡粉太多，外加陪襯的材料喧賓奪主，黏呼呼的像一盤漿糊。遠不如到致美齋點一個「沙鍋魚翅」，所用材料雖非上選的排翅，但也不是次貨，妙在翅根特厚，味道介乎魚翅魚脣之間，下酒下飯，兩極其美。東安市場裡的潤明樓也有「沙鍋翅根」，鍋較小，翅根較碎，近於平民食物，比我們臺灣食攤上的魚翅羹略勝一籌而已。唐魯孫先生是飲食名家，在〈吃在北平〉文裡說：「北方館子可以說不會做魚翅，所以也就沒有什麼人愛吃魚翅，但是南方人可就不同了，講究吃的主兒十有八九愛吃翅子。禎元館爲迎合顧客心理，請了一位南方大師傅擅長燒魚翅。不久，禎元館的『紅燒翅根』，物美價廉，就大行其道，每天只做五十碗賣完爲止。」確是實情。

最會做魚翅的是廣東人，尤其是廣東的富戶人家所做的魚翅。譚組庵先生家的廚師曹四做的魚翅是出了名的，他的這一項手藝還是來自廣東。據葉公超先生告訴我，廣東的富戶幾乎家家擁有三房四妾，每位姨太太都有一兩手烹調絕技，每逢老爺請客，每位姨太太親操刀俎，使出渾身解數，精製一兩樣菜色，湊起來就是一桌上好的酒席，其中少不了魚翅鮑魚之類。他的話不假，因爲番禺葉氏就是那樣的一個大戶人家。北平的「譚家菜」，與譚組庵無關。譚家菜是廣東人譚篆青家的菜。譚在平綏路做事。譚家在西單牌樓機織衛，普普通通的住宅房子，院子不大，書房一間算是招待客人的雅座。每天只做兩桌菜，約須十天前預定。最奇怪的是每桌要爲主人譚君留出次座，表示他不僅是生意人而已，他也要和座上的名流貴賓應酬一番。不過這一規定到了抗戰前幾年已不再能維持。「談笑有鴻儒」的場面難得一見了。魚翅確實是做得出色，大盤子，盛得滿，味濃而不見配料，而且煨得酥爛無比。當時的價錢是百元一桌。也是譚家的姨太太下廚。

吃魚翅於紅燒清蒸之外還有乾炒的一法，名爲「木樨魚翅」，余三十八年夏初履臺灣，蒙某公司總經理的「便飯」招待，第一道菜就是木樨魚翅，所謂木樨即雞蛋之別名。撕魚翅爲細絲，裹以雞蛋拌勻，入油鍋爆炒，炒得鬆鬆泡泡，放在盤內堆成高高的一個尖塔，每人盛一兩飯盤，像吃蛋炒飯一般而大嚼。我吃過木樨魚翅，沒見過這樣大量的供應，所以印象很深。

魚翅產自廣東以及日本印度等處，但是臺灣也產魚翅。大家只知道本省的前鎮和茄萣兩漁港是捕獲烏魚加工的地方，不知也是魚翅的加工中心。在那裡

譚家菜

清同治十三年（一八七四年），廣東南海縣人譚宗浚入京師翰林院為官，居西四羊肉胡同，他酷愛珍饈，亦好客酬友；常於家中親自督點，並重金禮聘京師名廚將廣東菜與北京菜結合而成一派。一九〇九年其子譚篆青搬至米市胡同，與三姨太趙荔沉迷膏粱，聚京師官僚飲饌，當時假譚府宴客成為時尚，私家會館由此發端。譚家菜講究細火慢燉，很少爆炒的菜肴，所以想吃譚家菜，要先預定。相傳，想吃譚家菜有一條件，請客要連譚家主人在內，還有，無論吃客有多大權位，都需走進譚家門，並不提供外燴。

有大批的煮熟的魚翅攤在地上晒。大翅一臺斤約值五百到一千元。本地菜市出售的發好了的魚翅都是本地貨。

茄子

北方的茄子和南方的不同，北方的茄子是圓球形，稍扁，從前沒見過南方的那種細長的茄子。形狀不同且不說，質地也大有差異。北方經常苦旱，蔬果也就不免缺乏水分，所以質地較爲堅實。

「燒茄子」是北方很普通的家常菜。茄子不需削皮，切成一寸多長的塊塊，用刀在無皮處劃出縱橫的刀痕，像劃腰花那樣，劃得越細越好，入油鍋炸。茄子吸油，所以鍋裡油要多，但是炸到微黃甚至微焦，則油復流出不少。炸好的茄子撈出，然後炒裡脊肉絲少許，把茄子投入翻炒，加醬油，急速取出盛盤，上面灑大量的蒜末。味極甜美，送飯最宜。

我來到臺灣，見長的茄子，試做燒茄，竟不成功。因爲茄子水分太多，無法炸乾，久炸則成爛泥，客家菜館也有燒茄，燒得軟軟的，不是味道。

在北方，茄子價廉，吃法亦多。「熬茄子」是夏天常吃的，煮得相當爛，蘸醋蒜吃。不可用鐵鍋煮，因爲容易變色。

茄子也可以涼拌，名爲「涼水茄」。茄煮爛，搗碎，煮時加些黃豆，拌勻，澆上三和油，俟涼卻加上一些芫荽即可食，最宜暑天食。放進冰箱冷卻更好。

如果切茄成片，每兩片夾進一些肉末之類，裹上一層麵糊，入油鍋炸之，是爲「茄子盒」，略似炸藕盒的風味。

吃炸醬麵，茄子也能派上用場。拌麵的時候如果放醬太多，則過鹹，太少則無味。切茄子成丁，如骰子般大，入油鍋略炸，然後羼入醬中，是爲「茄子炸醬」，別有一番滋味。

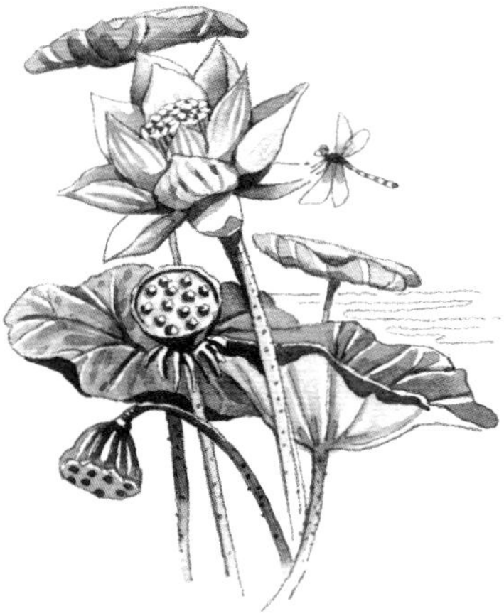

蓮子

有蓮花的地方就有蓮子。蓮子就是蓮實，又稱蓮的或蓮菂。《古樂府・子夜夏歌》：「乘月采芙蓉，夜夜得蓮子。」

我小時候，每到夏季必侍先君遊十剎海。荷塘十里，遊人如織。傍晚輒飯於會賢堂。入座後必先進大冰碗，冰塊上敷以鮮藕、菱角、桃仁、杏仁、蓮子之屬。飯後還要擎著幾枝荷花蓮蓬回家。剝蓮蓬甚爲好玩，剝出的蓮實有好幾層皮，去硬皮還有軟皮，最後還要剔出蓮心，然後才能入口。有一股清香沁人脾胃。胡同裡也有小販吆喝著賣蓮蓬的，但是那個季節很短。

到臺灣好多年，偶然看到荷花池裡的蓮蓬，卻絕少機會吃到新鮮蓮子。糖蓮子倒是有得吃，中醫教我每日含食十枚，有生津健胃之效，後因糖尿病發，糖蓮子也只好停食了。

一般酒席上偶然有蓮子羹，稀湯洸水一大碗，碗底可以撈上幾顆蓮子，有時候還夾雜著一些白木耳，三兩顆紅櫻桃。從前吃蓮子羹，用專備的小巧的蓮子碗，小銀羹匙。我祖母常以小碗蓮子爲早點，有專人伺候，用沙薄銚兒煮，不能用金屬鍋。煮出來的蓮子硬是漂亮。小鍋飯和大鍋飯不同。

考究一點的酒席常用一道「蜜汁蓮子」來代替八寶飯什麼的甜食。如果做得好，是很受歡迎的。蓮子先用水浸，然後煮熟，放在碗裡再用大火蒸，蒸到酥軟趴爛近似番薯泥的程度，翻扣在一個大盤裡，澆上滾熱的蜜汁，表面上加幾塊山楂糕更好。冰糖汁也行，不及蜜汁香。

蓮子品質不同，相差很多。有些蓮子格格生生，怎樣煮也不爛，是爲下品。有些蓮子一煮就爛，但是顏色不對，據說是經過處理的，下過蘇打什麼的，內行人一吃就能分辨出來。大家公認湖南的蓮子最好，號稱湘蓮。我有一年在重慶的「味腴」宴客，在座的有楊綿仲先生，他是湘潭人，風流瀟灑，也很會吃。席中有一道蜜汁蓮子，很夠標準。蓮子短粗，白白淨淨，而且酥軟異常。綿仲吃了一匙就說：「這一定是湘蓮。」有人說：「那倒也未必。」綿仲不悅，喚了堂倌過來，問：「這蓮子是哪裡來的？」那傻不楞登的堂倌說：「是蓮蓬裡剝出來的。」眾大笑。綿仲紅頭漲臉的又問：「你是哪裡來的？」他說：「我是本地人。」眾又哄堂。

白肉

白肉，白煮肉，白切肉，名雖不同，都是白水煮豬肉。誰不會煮？但是煮出來硬是不一樣。各地的館子都有白切肉，各地人家也都有這樣的家常菜，而巧妙各有不同。

提起北平的白切肉，首先就會想起沙鍋居。沙鍋居是俗名，正式的名稱是「居順和」，坐落在西四牌樓北邊缸瓦市路東，緊靠著定王府的圍牆。沙鍋居的名字無人不知，本名很少人知道。據說所以有此名稱是由於大門口設了一個灶，上面有一個大沙鍋，直徑四尺多，高約三尺，可以煮一整隻豬。這沙鍋有百餘年的歷史，傳說從來沒有換過湯！我想這是不可能的事，那樣大的沙鍋如何打製，如何能經久不裂，一鍋湯如何能長久不換？這一定是好事者謅出來的故事。這館子專賣豬肉和豬身上的一切，可以做出一百二十八道菜色不同的豬全席，我一聽就心裡有點怕，所以一直沒去品嘗過，到了民國十年左右由於好奇才慫恿家君一同前去一試。大鍋是有一隻，我沒發現那是沙鍋。地方不算太髒，比我們想像的要好一些。五吋碟子盛的紅白血腸、雙皮、鹿尾、管挺、口條……我們都一一的嘗過，白肉當然更不會放過。東西確是不錯，所以生意興隆，一到正午，一隻豬賣完，遲來的客人只好向隅明日請早了。究竟是以豬爲限，格調不高，中下級食客趨之若鶩，理所當然，高雅君子不可不去一嘗，但很少人去了還想再去。

我母親常對我們抱怨說北平的豬肉不好吃，有一股臊臭的氣味。我起初不信，後來屢遊江南，發現南北豬肉味是不同。大概是品種和飼料不同的關係。不知所謂臊臭，也許正是另一些人所謂的肉香。南方豬肉質嫩而味淡，卻是真的。

北平人家裡吃白肉也有季節，通常是在三伏天。豬肉煮一大鍋，瘦多肥少，切成一盤盤的端上桌來。煮肉的時候如果先用繩子把大塊的肉五花大綁，緊緊綑起來，煮熟之後冷卻，解開繩子用利刃切片，可以切出很薄很薄的大片，肥瘦凝固而不散。肉不宜煮得過火，用筷子戳刺即可測知其熟的程度。火候要靠經驗，刀法要看功夫。要橫絲切，順絲就不對了。白肉沒有鹹味，要蘸醬油，要多加蒜末。川菜館於蒜醬油之外，另備辣椒醬。如果醬油或醬澆在白

砂鍋居

砂鍋居建於清乾隆六年（西元一七四一年），原址在清代定王府更房臨街之處。當時清宮廷和各王府都有祭祀，祭品多是上等全豬，祭祀過後便將豬肉賞給更夫，更夫與王府的廚師合作，用一口大砂鍋煮肉，以滿族特有的燒、燎、白煮手法做出飄香二百年的砂鍋白肉。砂鍋居原名「和順居」，後遷居缸瓦市路東，因店裡一直用一點三公尺的砂鍋煮肉，便慣稱砂鍋居，久而久之，成為店名。當時有人寫一首詩：「缸瓦市中吃白肉，日頭才出已經遲。」可見興隆盛況。

肉上，便不對味。

白肉下酒宜用高粱。吃飯時另備一盤酸菜，一盤白肉碎末，一盤醃韭菜末，一盤芫荽末，拌在飯裡，澆上白肉湯，灑上一點胡椒粉，這是標準吃法。北方人吃湯講究純湯，雞湯就是雞湯，肉湯就是肉湯，不羼別的東西。那一盤酸菜很有道理，去油膩，開胃。

干貝

干貝應作乾貝，正式名稱是江珧柱，亦作江瑤柱。瑤亦作鰩。一般簡寫都作干貝了。

干貝是貝屬，也就是蚌的一類。軟體動物有兩片貝殼，薄而大。司貝殼啓閉的肉柱二，一在殼之中央，比較粗大，在前方者較小。這肉柱取下晒乾便是干貝。

新鮮的江瑤柱，我在大陸上沒有吃過。在美國東西海岸的海鮮店裡，炸江瑤柱是普通的食品之一。美國人吃法簡單，許是只會油炸。油炸江瑤柱，塊頭相當大，裹以麵糊，炸得焦焦黃黃的，也很可口。嫩嫩的，不似我們的干貝之愈咀嚼愈有味。

江瑤柱產在何處，我不知道。陸游《老學庵筆記》：「明州江瑤柱有二種，大者江瑤，小者沙瑤，可種，逾年則成江瑤矣。」明州在今之浙江省。是不是浙江乃產江瑤柱的地方之一？

蘇東坡〈四月十一日初食荔枝〉詩：「似聞江鰩斫玉柱，更喜河豚烹腹腴。」有註：「予嘗謂，荔枝厚味高格兩絕，果中無比，惟江瑤柱河豚魚近之耳。」看這位老饕，「吃一看二眼觀三」，有荔枝吃，還想到江瑤柱與河豚魚！他所說的似是新鮮的江瑤柱，不是干貝。

干貝的吃法很多。因是乾貨，須先發開。用水發不如用黃酒發。最好頭一天發，可以發得透。大的干貝好看，但不一定比小的好吃。小的干貝往往味醇而濃。普通的吃法如「干貝蘿蔔球」，削蘿蔔球太費事，自己家裡做，切條就可以了。「干貝燒菜心」，是分別把菜心和干貝燒好，然後和在一起加熱勾芡。「芙蓉干貝」是蒸好一碗蛋羹然後把干貝放在上面再蒸，不過發干貝的湯不拘是水是酒要打在蛋裡。以上三種吃法，都要把干貝撕碎。其實整個的干貝，如果燒得透，豈不更好？只是多破費一些罷了。我母親做干貝，撿其大小適度而勻稱者，墊以火腿片、冬筍片，及二寸來長的大乾蝦米若干個，裝在一大碗裡，注入上好紹興酒，上籠屜蒸二小時。其味之美無可形容。

鮑魚

鮑魚的原義是臭醃魚。《史記・秦始皇本紀》：「會暑，上轀車臭，乃詔從官，令車載一石鮑魚，以亂其臭。」就是以鮑魚掩蓋屍臭的意思。我現在所要談的不是這個鮑魚。

鮑魚是石決明的俗稱。亦稱爲鰒魚。鰒實非魚，乃有介殼之軟體動物，常吸著於海水中的礁石之上，賴食藻類維生。殼之外緣有呼吸孔若干列成一排。我們此地所謂「九孔」就是鮑魚一類。

從前人所謂「如入鮑魚之肆」，形容其臭不可聞，今則提起鮑魚無不賞其味美。新鮮的九孔，海鮮店到處有售，其味之鮮美在蚌類之中獨樹一幟。但是比起晒乾了的廣東之紫鮑，以及裝了罐頭的熟鮑魚，尚不能同日而語。新鮮鮑魚嫩而香，製煉過的鮑魚味較厚而醇。

廣東烹調一向以紅燒魚翅及紅燒鮑脯爲號召，確有其獨到之處。紫鮑塊頭很大，厚而結實，拿在手裡沉甸甸的。烹製之後，雖然仍有韌性，但滋味非凡，比吃熊掌要好得多。我認識一位廣東僑生，帶有一些紫鮑，他患癌不治，臨終以其所藏剩餘之鮑魚見貽，我睹物傷逝，不忍食之，棄置冰箱經年，終於清理舊物，不得已而試烹製之。也許是發得不好，也許是火候不對，結果是勉強下咽，糟蹋了東西。可見烹飪一道非利巴所能為。

罐頭的鮑魚，以我所知有日本的和墨西哥的兩種，各有千秋。日本的鮑魚個子小些，顏色淡些，一罐可能有三五個還不止。質地較為細嫩。墨西哥的罐頭在美國暢銷，品質不齊，有人在標籤上可以看出貨色的高低，想來是有人粗製濫造冒用名牌。

罐頭鮑魚是熟的，切成薄片是一道上好的冷葷，若是配上罐頭龍鬚菜，便是絕妙的一道雙拼。有人喜歡吃鮑魚，能迫不及待的打開罐頭就用叉子取出一塊舉著啃，像吃玉米棒子似的一口一口的啃！

鮑魚切成細絲，加芫荽菜梗，入鍋爆炒，是下酒的一道好菜。

鮑魚切成丁，比骰子稍大一點的丁，加蝦子燴成羹，下酒送飯兼宜。

但是我吃鮑魚最得意的是一碗鮑魚麵。有一年冬天我遊瀋陽，下榻友人家。我有凌晨即起的習慣，見其廚司老王伏枕呻吟不勝其苦，問其故，知是胃痛，我乃投以隨身攜帶的蘇打片，痛立止。老王感激涕零，無以為報，立刻翻身而起，給我煮了一大碗麵做早點，倉卒間找不到做麵的澆頭，在主人櫃櫥裡摸索出一罐主人捨不得吃的鮑魚，不由分說打開罐頭把一整罐鮑魚切成細絲，連原汁一起倒進鍋裡，煮出上尖的一大碗鮑魚麵。這是我一生沒有過的豪舉，用兩片蘇打換來一罐鮑魚煮一碗麵！主人起來，只聞到異香滿室，後來廉得其情，也只好徒呼負負。

咖哩雞

我小時候不知咖哩粉是什麼東西做的，以爲像是咖啡豆似的磨成的。吃過無數次咖哩雞之後才曉得咖哩粉乃是幾種香料調味品混製而成。此物最初盛行於印度南部及錫蘭一帶。咖哩是curry的譯音，字源是印度南部坦米爾語的kari，義爲調味醬。咖哩粉的成分不一，有多至十種八種者，主要的是小茴香（cumin）、胡荽（coriander）和鬱金根（turmeric）。黃色是來自鬱金根。各種配料的成分比例不一致，故各種品牌的咖哩粉之味色亦不一樣，有的很辣，有的很黃，有的很香。

凡是用咖哩粉調製的食品皆得稱之咖哩。最爲大家所習知的是咖哩雞（chicken curry）。我在民國元年左右初嘗此味，印象極深。東安市場的中興茶樓，老闆傅心齋很善經營，除了賣茶點之外兼做簡單西餐。他對先君不斷的遊說：「請嘗嘗我們的牛爬（即牛排），不在六國飯店的之下，請嘗嘗我們的咖

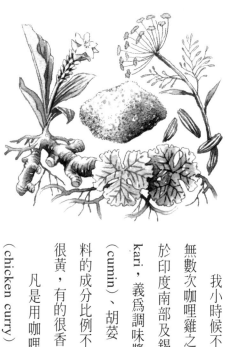

哩雞，物美價廉。」牛肉不願嘗試，先叫了一份咖哩雞，果然滋味不錯。他們還應外叫，一元錢四隻筍雞，連汁湯滿滿一鍋送到府上。我們時常打個電話，叫兩元的咖哩雞，不到一小時就送到，家裡只消預備白飯，便可享有豐盛的一餐，家人每個可以分到一隻小雞，最稱心的是咖哩湯泡飯，每人可以罄兩碗。

其實這樣的咖哩雞可說是很原始的，只是白水煮雞，湯裡加些芡粉使稠，再加咖哩粉，使成爲黃澄澄辣兮兮的而已。因爲咖哩的香味是從前沒嘗過的，遂覺非常可喜。考究一點的做法是雞要先下油鍋略炸，然後再煮，湯裡要有馬鈴薯的碎塊，煮得半爛成泥，雞湯自然稠和，不需勾芡。有人試過不用馬鈴薯，而用大乾蠶豆，效果一樣的好。

高級西餐廳的咖哩雞，除了幾塊雞和一小撮白飯之外，照例還有一大盤各色配料，如肉鬆、魚鬆、乾酪屑、炸麵包丁、葡萄乾之類，任由取用。也有另加一杓馬鈴薯泥做陪襯的。我並不喜歡這些夾七夾八的東西，雜料太多，徒亂人意。我要的只是幾塊精嫩的雞肉，充足的咖哩汁，適量的白飯。

印度人吃咖哩雞飯，和吃別的東西一樣，是用手抓的。初聞爲之駭然。繼而一想，我們古時也不免用手抓飯。《禮．曲禮》：「共飯不澤手。」註：「澤，謂挼莎也。」疏：「古之禮，飯不用箸，但用手，既與人共飯，手宜潔淨，不得臨食始捼莎手乃食，恐爲人穢也。」意思是說，飯前要把手洗乾淨，不可臨時搓搓手就去抓飯。古已有箸而不用，要用手抓，不曉得其故安在。直到晚近，新疆的一些少數民族不是還吃抓飯抓肉麼？我還是不明白，咖哩雞飯如何能用手抓。

烙餅

餅而曰烙，可知不是煎、不是炸、不是烤，更不是蒸。烙餅的鍋曰鐺，在這裡音撐，差亨切，陰平聲。鐺是平底鍋，通常無足無耳無柄，大小不一定。鐺是鐵打的，相當的厚重，不容易燒熱，可是燒熱了也不容易涼，最適宜於烙餅。洋式的帶柄的平底鍋，也可以用來烙餅，而且小巧靈便，但是鋁合金製的鍋究竟傳熱太快冷卻也太快，控制溫度麻煩，不及我們的鐺。

烙餅需要和麵。和麵不簡單。沒有觸摸過白案子，初次和麵，大概會弄得一塌糊塗，無有是處。烙餅需用熱水和麵，不是滾開的沸水，沸水和麵就變成燙麵了。用熱水和麵是取其和出來軟。和好了麵不能立刻烙，要容它「醒」一段時間。這段時間可長可短，看情形而定。

如果做家常餅，手續最簡單。家常餅是薄薄的，裡面的層次也不須太多，表面上更不須刷油，烙出來白磁糊裂的，只要相當軟和就成。在北平嬾婆娘自己不動手，可以到胡同口外蒸鍋鋪油鹽店之類的地方去定製，論斤賣。一斤麵大概可以烙不大不小的四張。北方人貧苦，如果有兩張家常餅，配上一盤攤雞蛋（雞蛋要攤成直徑和餅一樣大的兩片），把蛋放在餅上，捲起來，豎立之，雙手扶著，張開大嘴，左一口、右一口，中間再一口，那簡直是無與倫比的一頓豐盛大餐。

孩子想吃甜食，最方便莫如到蒸鍋鋪去烙幾張糖餅，黑糖和芝麻醬要另外算錢，事前要講明幾個銅板的黑糖，幾個銅板的芝麻醬。烙餅裡夾雜著黑糖和芝麻醬，趁熱吃，那份香無法形容。我長大之後，自己在家中烙糖餅，乃加倍的放糖，加倍的放芝麻醬，來彌補幼時之未能十分滿足的慾望。

蔥油餅到處都有，但是眞夠標準的還是要求之於家庭主婦。北方善烹飪的家庭主婦，做法細膩，和一般餐館之粗製濫造不同。一般餐館所製，多患油膩。在山東，許多處的蔥油餅是油炸的，焦黃的樣子很好看，吃上一塊兩塊就消受不了。在此處頗有在餅裡羼味精的，簡直是不可思議。標準的蔥油餅要層多，蔥多，而油不太多。可以用脂油丁，但是要少放。要層多，則擀麵要薄，多捲兩次再加蔥。蔥花要細，要九分白一分綠。撒鹽要勻。鍋裡油要少，鍋要熱而火要小。烙好之後，兩手拿餅直立起來在案板上戳打幾下，這個小動作很重要，可以把餅的層次戳鬆。蔥油餅太好吃，不需要菜。

清油餅實際上不是餅。是細麵條盤起來成爲一堆，輕輕壓按使成餅形，然後下鍋連煎帶烙，成爲焦黃的一坨。外面的脆硬，裡面的還是軟的。山東館子最善此道。我認爲最理想的吃法，是每人一個清油餅，然後一碗燴蝦仁或燴兩雞絲，分澆在餅上。

筍

我們中國人好吃竹筍。《詩大雅・韓奕》：「其簌維何，維筍維蒲。」可見自古以來，就視竹筍爲上好的蔬菜。唐朝還有專員管理植竹，《唐書百官志》：「司竹監掌植竹葦，歲以筍供尙食。」到了宋朝的蘇東坡，初到黃州立刻就吟出「長江繞郭知魚美，好竹連山覺筍香」之句，後來傳誦一時的「無竹令人俗，無肉令人瘦。若要不俗也不瘦，餐餐筍煮肉。」更是明白表示筍是餐餐所不可少的。不但人愛吃筍，熊貓也非吃竹枝竹葉不可，竹林若是開了花，熊貓如不遷徙便會餓死。

筍，竹萌也。竹類非一，生筍的季節亦異，所以筍也有不同種類。苦竹之筍當然味苦，但是苦的程度不同。太苦的筍難以入口，微苦則亦別有風味，如食苦瓜、苦菜、苦酒，並不嫌其味苦。苦筍先煮一過，可以稍減苦味。蘇東坡吃筍專家，他不排斥苦筍，有句云：「久抛松菊猶細事，苦筍江豚那忍說？」

他對苦筍還念念不忘呢。黃魯直曾調侃他：「公如端爲苦筍歸，明日春衫誠可脫。」爲了吃苦筍，連官都可以不做。我們在臺灣夏季所吃到的鮮筍，非常脆嫩，有時候不善挑選的人也會買到微帶苦味的。好像從筍的外表形狀就可以知道其是否苦筍。

春筍不但細嫩清脆，而且樣子也漂亮。細細長長的，潔白光潤，沒有一點瑕疵。春雨之後，竹筍驟發，水分充足，纖維特細。古人形容婦女手指之美常曰春筍。「秋波淺淺銀燈下，春筍纖纖玉鏡前。」（《剪燈餘話》）這比喻不算誇張，你若是沒見過春筍一般的手指，那是你所見不廣。春筍怎樣做都好，煎炒煨燉，無不佳妙。油燜筍非春筍不可，而春筍季節不長，故罐頭油燜筍一向頗受歡迎，惟近製多粗製濫造耳。

冬筍最美。杜甫〈發秦州〉：「密竹復冬筍」，好像是他一路挖冬筍吃。冬筍不生在地面，冬天是藏在土裡，需要掘出來。因其深藏不露，所以質地細密。北方竹子少，冬筍是外來的，相當貴重。在北平館子裡叫一盤「炒二冬」（冬筍冬菇）就算是好菜。東興樓的「蝦子燒冬筍」，春華樓的「火腿煨冬筍」，都是名菜。過年的時候，若是以一蒲包的冬筍一蒲包的黃瓜送人，這份禮不輕，而且也投老饕之所好。我從小最愛吃的一道菜，就是冬筍炒肉絲，加一點韭黃木耳，臨起鍋澆一杓紹興酒，認爲那是無上妙品——但是一定要我母親親自掌杓。

筍尖也是好東西，杭州的最好。在北平有時候深巷裡面發出跑單幫的杭州來的小販叫賣聲，他背負大竹筐，有小竹簍的筍尖兜售。他的筍尖是比較新鮮的，所以還有些軟。肉絲炒筍尖很有味，羼在素什錦或烤麩之類裡面也好，甚至以筍尖燒豆腐也別有風味。筍尖之外還有所謂「素火腿」者，是大片的製煉過的乾筍，黑黑的，可以當做零食啃。

究竟筍是越鮮越好。有一年我隨舅氏遊西湖，在靈隱寺前面的一家餐館進膳，是素菜館，但是一盤冬菇燒筍眞是做得出神入化，主要的是因爲筍新鮮。前些年一位朋友避暑上獅頭山住最高處一尼庵，貽書給我說：「山居多佳趣，每日素齋有新砍之筍，味絕鮮美，盍來共嘗？」我沒去，至今引以爲憾。

關於冬筍，臺南陸國基先生賜書有所補正，他說：『「冬筍不生在地面，冬天是藏在土裡」這兩句話若改作『冬筍是生長在土裡』，較為簡明。茲將冬筍生長過程略述於後。我們常吃的冬筍為孟宗竹筍（臺灣建屋搭鷹架用竹），是筍中較好吃的一種，隔年秋初，從地下莖上發芽，慢慢生長，至冬天已可挖吃。竹的地下莖，在土中深淺不一，離地面約十公分所生竹筍，其尖（芽）端已露出土壤，筍籜呈青綠。離地表面約尺許所生竹筍，冬天尚未露出土表，觀土面隆起，佈有新細縫者，即為竹筍所在。用鋤挖出，筍籜淡黃。若離地面一尺以下所生竹筍，地面表無跡象，殊難找著。要是掘筍老手，觀竹枝開展，則知地下莖方向，亦可挖到竹筍。至春暖花開，雨水充足，深土中竹筍迅速伸出地面，即稱春筍。實際冬筍春筍原為一物，只是出土有先後，季節不同。所有竹筍未出地面都較好吃，非獨孟宗竹為然。」附此誌謝。

——七三年十月三日甲子重陽

黃魚

黃魚，或黃花魚，正式名稱是石首魚，因為頭裡有兩塊骨頭其硬如石。我國近海皆有產，金門澎湖一帶的尤其肥大，幾乎四季不絕。《本草・集解・志》曰：「石首魚出水能鳴，夜視有光，頭中有石，如棊子。一種野鴨頭中有石，云是此魚所化。」這是胡扯。黃魚怎會變野鴨？

黃魚有一定的汛季，在平津一帶，春夏之交是黃魚上市的時候。到這時候，幾乎家家都大吃黃魚。我家的習慣，是燜煮黃魚一大鍋，加入一些肉片，無數的整顆的大蒜瓣，加醬油，這時節正是我們後院一棵花椒樹發芽抽葉的當兒，於是大量採摘花椒芽，投入鍋裡一起煮。不分老幼，每人分得兩尾，各個吃得笑逐顏開。同時必定備有烙餅，撕碎了蘸著魚湯吃，美不可言。在臺灣隨時有黃魚吃，但是那鮮花椒芽哪裡去找？黃魚湯裡煮過的蒜瓣花椒芽都特別好吃。

北平胡同裡賣豬頭肉的小販，口裡吆喚著「麵筋喲！」他斜背著的紅漆木盒裡卻是豬腸肝肚豬頭肉，而你喊他的時候必須是：「賣熏魚兒的！」因爲有時候他確是有熏黃魚賣。五六吋長的小黃魚，插在竹籤子上，熏得黃黃的，香味撲鼻。因爲黃魚季節短，一年中難得吃到幾次這樣的熏黃魚。

黃魚晒乾了就是白鮝。黃魚的鰾晒乾就是所謂「魚肚」。魚肚在溫油鍋裡慢慢發開，在涼水裡浸，鬆泡如海綿狀，「蟹黃燒魚肚」是一道名肴。可惜餐館時常以假亂眞，用炸豬肉皮冒充魚肚，行家很容易分辨。

館子裡做黃魚，最令我難忘的是北平前門外楊梅竹斜街（？）春華樓所做的松鼠黃魚。春華樓是比較晚起的江浙館，我在民國十幾年間常去小酌，那地方有一特色，每間雅座都布滿張大千的畫作。飯前飯後可以賞畫。松鼠黃魚是取尺許黃魚一尾或兩尾，去頭去尾復抽出其脊骨。黃魚本來刺不多，抽掉脊骨便完全是肉了。把魚扭成麻花形，裹上雞蛋麵糊，下油鍋炸，取出澆汁，彎曲之狀眞有幾分像是松鼠。以後在別處吃到的松鼠黃魚，多半不像松鼠，而且澆上糖醋汁，大爲離譜。

此地前些年奎元館以杭州的黃魚麵爲號召，品嘗之餘大失所望。碗中不見黃魚。

八寶飯

席終一道甜菜八寶飯通常是廣受歡迎的，不過夠標準的不多見。其實做法簡單，只有一個祕訣——不惜工本。

八寶飯主要的是糯米，糯米要爛，越爛越好，而糯米不易蒸爛。所以事先要把糯米煮過，至少要煮成八分爛。這是最關重要的一點。

所謂八寶並沒有一定。蓮子是不可少的。蓮子也不易爛，有的蓮子永遠爛不了，所以要選容易爛的蓮子，也要事先煮得八分爛。蓮子不妨多。

桂圓肉不可或缺。臺灣盛產桂圓，且有剝好了的桂圓肉可買。

美國的葡萄乾，白的紅的都可以用，兼備二種更好。

銀杏，即白果，剝了皮，煮一下，去其苦味。

紅棗可以用，不宜多，因爲帶皮帶核，吐起來麻煩。美國的乾李子（prune），黑黑大大的，不妨用幾個。

豆沙一大碗當然要早做好。如果有紅絲青絲，作裝飾也不錯。

以上配料都預備好，取較淺的大碗一，抹上一層油，防其黏碗。把蓮子桂圓肉等一圈圈的鋪在碗底，或一瓣瓣的鋪在碗底，然後輕輕的放進糯米，再填入豆沙，填得平平的一大碗，上籠去蒸。蒸的時間不妨長，使碗裡的東西充分鬆軟膨脹，凝爲一體。上桌的時候，取大盤一，把碗裡的東西翻扣在大盤裡，澆上稀釋的冰糖汁，表面上再放幾顆罐頭的紅櫻桃，就更好看了。

八寶飯是甜點心，但不宜太甜，所以豆沙裡糯米裡不宜加糖太多。豆沙糯米裡可以拌上一點豬油，但不宜多，多了太膩。

從前八寶飯上桌，先端上兩小碗白水，供大家洗匙，實在惡劣。現在多是每人一份小碗小匙，體面得多。如果大盤八寶飯再備兩個大羹匙，大家共用，也就更好了。有人喜歡在取食之前先把八寶飯攪和一陣，像是拌攪水泥一般，也大可不必。若是捨大匙而不用，用小匙直接取食，再把小匙直接放在口裡舔，那一副吃相就令人不敢恭維了。

薄餅

古人有「春盤」之說。《通俗編．四時寶鑑》：「立春日，唐人作春餅生菜，號春盤。」春盤即後來所謂春餅。春天吃餅，好像各地至今仍有此種習俗。我所談的薄餅，專指北平的吃法，且不限於歲首。

薄餅需熱水和麵，開水更好，烙出來才能軟。兩張餅爲一盒。兩塊麵團上下疊起，中間抹上麻油，然後擀成薄餅，放在熱鍋上烙，火要微，不需加油。俟餅變色，中間凸起，翻過來再烙片刻即熟。取出撕開，但留部分相連，放在一邊用布蓋上，再繼續烙十盒二十盒。

薄餅是要捲菜吃的。菜分熟菜炒菜兩部分。

所謂熟菜就是從便宜坊叫來的蘇盤。有大小兩種，六十年前小者一圓，大者約二圓。漆花的圓盒子，盒子裡有一個大盤子，盤子上一圈扇形的十個八個木頭墩兒，中間一個小圓墩兒。每一扇形木墩兒擺一種切成細絲的熟菜，通常有下列幾種：

醬肘子

燻肘子（白肉燻得微黃）

大肚兒（豬的胃）

小肚兒（膀胱灌肉末芡粉松子）

香腸（羼有荳蔻素沙，香）

燒鴨

燻雞

清醬肉

爐肉（五花三層的烤肉，皮酥脆）

這些切成絲的肉，每樣下面墊著小方塊的肉，凸起來顯著飽滿的樣子。中間圓墩則是一盤雜和菜。這一個蘇盤很是壯觀。

家裡自備炒菜必不可少的是：攤雞蛋，切成長條；炒菠菜；炒韭黃肉絲；炒豆芽菜；炒粉絲。若是韭黃肉絲、粉絲、豆芽菜炒在一起便是「和菜」，上面蓋上一張攤雞蛋，便是所謂「和菜戴帽兒」了。

此外一盤蔥一盤甜麵醬，羊角蔥最好，細嫩。

吃的方法太簡單了，把餅平放在大盤子上，單張或雙張均可，抹醬少許，蔥數根，從蘇盤中每樣撿取一小箸，再加炒菜，最後放粉絲。捲起來就可以吃了。有人貪，每樣菜都狠狠的撿，結果餅小菜多，捲不起來，即使捲起來也豎立不起來。於是出餿招，捲餅的時候中間放一根筷子，豎起之後再把筷子抽出。那副吃相，下作！

餅吃過後，一碗「鑵兒湯」似乎是必需的。「鑵兒湯」和酸辣湯近似，但是不酸不辣，撲一個雞蛋在內就成了。加些金針木耳更好。

吃一回薄餅，餐桌上布滿盤碗，其實所費無多。我猶嫌其麻煩，乃常削減菜數，僅備一盤熟肉切絲，一盤攤雞蛋，一盤豆芽菜炒絲，一盤粉絲，名之曰「簡易薄」。每食簡易薄，兒輩輒歡呼不已，一個孩子保持一次吃七捲雙張的紀錄！

爆雙脆

爆雙脆是北方山東館的名菜。可是此地北方館沒有會做爆雙脆的。如果你不知天高地厚，進北方館就點爆雙脆，而該北方館竟也不知地厚天高硬敢應這一道菜，結果一定是端上來一盤黑不溜秋的死眉瞪眼的東西，一看就不起眼，入口也嚼不爛，令人敗興。就是在北平東興樓或致美齋，爆雙脆也是稱量手藝的菜，利巴頭二把刀是不敢動的。

所謂雙脆，是雞胗和羊肚兒，兩樣東西旺火爆炒，炒出來紅白相間，樣子漂亮，吃在嘴裡韌中帶脆，咀嚼之際自己都能聽到喀吱喀吱的響。雞胗易得，撿肥大者去裡，所謂去裡就是把附在上面的一層厚皮去掉。我們平常在山東館子叫「清炸胗」，總是附帶關照茶房一聲：「要去裡兒！」即因去了裡兒才能嫩。一般人不知去裡，嚼起來要吐核兒，不是味道。肚子是羊肚兒，而且是厚肥的肚領，而且是剝皮的肚仁兒，這才夠資格成爲一脆。求羊肚兒而不可得，豬肚兒代替，那就遜色多了。雞胗和肚子都要先用刀劃橫豎痕，越細越好，目的是使油容易滲透而熱力迅速侵入，因爲這道菜純粹是靠火候。兩樣東西不能一起過油炒。雞胗需時稍久，要先下鍋，羊肚兒若是一起下鍋，結果不是肚子老了就是雞胗不夠熟。這兩樣東西下鍋爆炒勾汁，來不及用鏟子翻動，必須端起鍋來把鍋裡的東西拋向半空中打個滾再落下來，液體固體一起掂起，連掂三五下子，熟了。這不是特技表演，這是火候必需的工夫。在旺火熊熊之前，熱油潑濺之際，把那本身好幾斤重的鐵鍋隻手耍那兩下子，沒有一點手藝行麼？難怪此地山東館，不敢輕易試做爆雙脆，一來材料不齊，二來高手難得。

談到這裡，想到北平的爆肚兒。

肚兒是羊肚兒，口北的綿羊又肥又大，羊胃有好幾部分：散淡、葫蘆、肚板兒、肚領兒，以肚領兒爲最厚實。館子裡賣的爆肚兒以肚領兒爲限，而且是剝了皮的，所以稱之爲肚仁兒。爆肚仁兒有三種做法：鹽爆、油爆、湯爆。鹽爆不勾芡粉，只加一些芫荽梗蔥花，清清爽爽。油爆要勾大量芡粉，黏黏糊糊。湯爆則是清湯汆煮，完全本味，蘸滷蝦油吃。三種吃法各有妙處。記得從前在外留學時，想吃的家鄉菜以爆肚兒爲第一。後來回到北平，東車站一下車，時已過午，料想家中午飯已畢，乃把行李寄存車站，步行到煤市街致美齋獨自小酌，一口氣叫了三個爆肚兒，鹽爆油爆湯爆，吃得我牙根清痠。然後一個清油餅一碗燴兩雞絲，酒足飯飽，大搖大擺還家。生平快意之餐，隔五十餘年猶不能忘。

燴銀絲也很可口。煮爛了的肚板兒切成細絲，燴出來顏色雪白。煮前一定要洗得乾淨才成。在家裡自己煮羊肚兒也並不難。除去草芽之後用鹽巴用力翻來翻去的搓，就可以搓得雪白，而且可以除去羶氣。整個羊胃，一律切絲，寬湯慢煮，煮爛爲止。

東安市場及廟會等處都有賣爆肚兒的攤子，以水爆爲限，而且草芽未除，煮出來烏黑一團，雖然也很香脆，只能算是平民食物。

拌鴨掌

雞爪，鴨掌，鵝掌，都可以吃。

有人愛吃雞跖，跖就是雞足踵。《呂氏春秋》：「齊王之食雞也，必食其跖，數千而後足。」其實雞爪一層皮，有什麼好吃，但是有人喜歡。廣東館子美其名曰鳳爪，煮湯算是美味。冬菇鳳爪煨湯，喝完撈起雞爪吮，吐出一堆碎骨。

廣東館子的紅燒鵝掌，是一道大菜。鵝體積大，掌特肥，經過煨煮之後膨脹起來格外的厚實，吃起來就好像不只是一層皮了。

拌鴨掌是一道涼菜，下酒最宜。做起來很費事，須要把鴨掌上的骨頭一根根的剔出，即使把鴨掌煮爛之後再剔亦非易事。而且要剔得乾淨，不可有一點殘留。這道菜凡是第一流的山東館都會做，不過精粗不等。鴨掌下面通常是以黃瓜木耳墊底，澆上三和油，再外加芥末一小碗備用。不是吃日本壽司那種綠芥末，也不是吃美國熱狗那種酸兮兮的芥末，是我們中國的眞正氣味刺鼻的那種芥末。

魚丸

初到臺灣，見推車小販賣魚丸，現煮現賣，熱騰騰的。一碗兩顆，相當大。一口咬下去，不大對勁，相當結實。丸與湯的顏色是混濁的，微呈灰色，但是滋味不錯。

我母親是杭州人，善做南方口味的菜，但不肯輕易下廚，若是偶然操動刀俎，也是在裡面小跨院露天升起小火爐自設鍋灶。每逢我父親一時高興從東單菜市買來一條歡蹦亂跳的活魚，必定親手交給母親，說：「特煩處理一下。」就好像是紳商特煩名角上演似的。母親一看是條一尺開外的大活魚，眉頭一皺，只好勉爲其難，因爲殺魚不是一件愉快的事。母親說，這魚太活了，宜於做魚丸。但是不忍心下手宰牠。我二姊說：「我來殺。」從屋裡拿出一根門閂。魚在石几上躺著，一槓子打下去未中要害，魚是滑的，打了一個挺，躍起一丈多高，落在房簷上了。於是大家笑成一團，搬梯子，上房，捉到魚便從房上直摔下來，摔了個半死，這才從容開膛清洗。幼時這一幕鬧劇印象太深，一提起魚丸就回憶起來。

做魚丸的魚必須是活魚，選肉厚而刺少的魚。像花鰱就很好，我母親叫牠做厚魚，又叫牠做紋魚，不知這是不是方言。剖魚爲兩片，先取一片釘其頭部於木墩之上，用刀徐徐斜著刃刮其肉，肉乃成泥狀，不時的從刀刃上抹下來置碗中。兩片都刮完，差不多有一碗魚肉泥。加少許鹽，少許水，擠薑汁於其中，用幾根竹筷打，打得越久越好，打成糊狀。不需要加蛋白，魚不活才加蛋白。下一步驟是煮一鍋開水，移鍋止沸，急速用羹匙舀魚泥，用手一抹，入水成丸，丸不會成圓球形，因爲無法搓得圓。連成數丸，移鍋使沸，俟魚丸變色即是八九分熟，撈出置碗內。再繼續製作。手法要快，沸水要控制得宜，否則魚泥有入水渙散不可收拾之虞。煮魚丸的湯本身即很鮮美，不需高湯。將做好的魚丸傾入湯內煮沸，灑上一些蔥花或嫩豆苗，即可盛在大碗內上桌。當然魚丸也可紅燒，究不如清湯本色，這樣做出的魚丸嫩得像豆腐。

湖北是魚產豐饒的地方。抗戰時我在漢口停留過一陣。聽說有個鮰魚大王，能做鮰魚全席，我不曾見識。不過他家的鮰魚麵吃過一碗，確屬不凡。十幾年前，友人高鴻縉先生，他是湖北人，以其夫人親製魚丸見貽，連魚丸帶湯帶鍋，滾燙滾燙的，噴香噴香的，我連吃了三天，齒頰留芬。如今高先生早已作古，空餘舊事縈繞心頭！

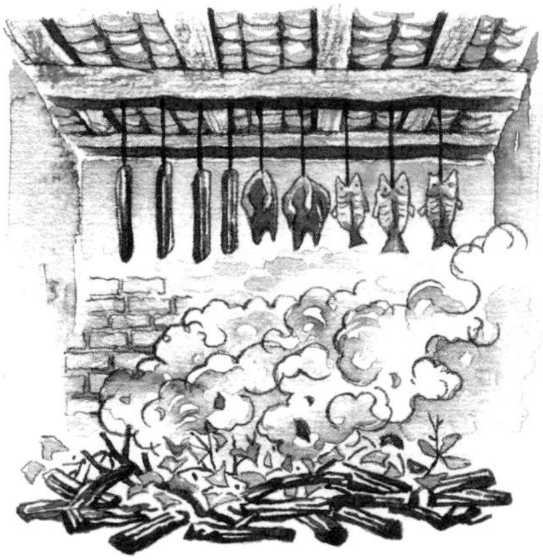

臘肉

臘肉就是經過製煉的醃肉，到了臘尾春頭的時候拿出來吃，所以叫做臘肉。普通的暴醃鹹肉，或所謂「家鄉肉」，不能算是臘肉。

湖南的臘肉最出名，可是到了湖南卻不能求之於店肆，眞正上好的湖南臘肉要到人家裡才能嘗到。因爲臘肉本是我們農村社會中家庭產品，可以長久存儲，既以自奉，兼可待客，所謂「歲時伏臘」成了很普通的習俗。

眞正上好臘肉我只吃過一次。抗戰初期，道出長沙，乘便去湘潭訪問一位朋友。乘小輪溯江而上，雖然已是初夏，仍感覺到「春水綠波春草綠色」的景致宜人。朋友家在湘潭城內柳絲巷二號。一進門看見院裡有一棵高大的梧桐。裡面是個天井，四面樓房。是晚下榻友家，主人以盛饌招待，其中一味就是臘肉臘魚。我特地到廚房參觀，大吃一驚，廚房比客廳寬敞，而且井井有條一塵不染。房樑上掛著好多雞鴨魚肉，下面地上堆了樹枝乾葉之類，猶在冉冉冒煙。原來臘味之製作最重要的一個步驟就是煙熏。微溫的煙熏火燎，日久便把肉類熏得焦黑，但是煙熏的特殊味道都熏進去了。煙從煙囪散去，廚內空氣清潔。

臘肉刷洗乾淨之後，整塊的蒸。蒸過再切薄片，再炒一次最好，加青蒜炒，青蒜綠葉可以用但不宜太多，宜以白的蒜莖為主。加幾條紅辣椒也很好。在不得青蒜的時候始可以大蔥代替。那一晚在湘潭朋友家中吃臘肉，賓主盡歡，喝乾了一瓶「溫州酒汗」，那是比汾酒稍淡近似貴州茅臺的白酒。此後在各處的餐館吃炒臘肉，都不能和這一次的相比。而臘魚之美乃在臘肉之上。一飲一啄，莫非前定。

粥

我不愛吃粥。小時候一生病就被迫喝粥。因此非常怕生病。平素早點總是燒餅、油條、饅頭、包子，非乾物生噎不飽。抗戰時在外作客，偶寓友人家，早餐是一鍋稀飯，四色小菜大家分享。一小塊醬豆腐在碟子中央孤立，一小撮花生米疏疏落落的灑在盤子中，一根油條斬做許多碎塊堆在碟中成一小丘，一個完整的皮蛋在醬油碟裡晃來晃去。不能說是不豐盛了，但是乾噎慣了的人就覺得委屈，如果不算是虐待。

也有例外。我母親若是親自熬一小薄銚兒的粥，分半碗給我吃，我甘之如飴。薄銚（音吊）兒即是有柄有蓋的小沙鍋，最多能煮兩小碗粥，在小白爐子的火口邊上煮。不用剩飯煮，用生米淘淨慢煨。水一次加足，不半途添水。始終不加攪和，任它翻滾。這樣煮出來的粥，黏和，爛，而顆顆米粒是完整的，香。再佐以筍尖火腿糟豆腐之類，其味甚佳。

一說起粥，就不免想起從前北方的粥廠，那是慈善機關或好心人士施捨救濟的地方。每逢冬天就有不少鶉衣百結的人排隊領粥。「饘粥不繼」就是形容連粥都沒得喝的人。「饘」是稠粥，粥指稀粥。喝粥暫時裝滿肚皮，不能經久。喝粥聊勝於喝西北風。

不過我們也必須承認，某些粥還是滿好喝的。北方人家熬粥熟，有時加上大把的白菜心，俟菜爛再灑上一些鹽和麻油，別有風味。名爲「菜粥」。若是粥煮好後取嫩荷葉洗淨鋪在粥上，粥變成淡淡的綠色，有一股荷葉的清香滲入粥內，是爲「荷葉粥」。從前北平有所謂粥鋪，清晨賣「甜漿粥」，是用一種碎米熬成的稀米湯，有一種奇特的風味，佐以特製的螺絲轉兒炸麻花兒，是很別致的平民化早點，但是不知何故被淘汰了。還有所謂大麥粥，是沿街叫賣的平民食物，有異香，也不見了。

臺灣消夜所謂「清粥小菜」，粥裡經常羼有紅薯，味亦不惡。小菜眞正是小盤小碗，葷素俱備。白日正餐大魚大肉，消夜啜粥甚宜。

臘八粥是粥類中的綜藝節目。北平雍和宮煮臘八粥，據《舊京風俗志》，是由內務府主辦，驚師動眾，這一頓粥要耗十萬兩銀子！煮好先恭呈御用，然後分別賞賜王公大臣，這不是喝粥，這是招搖。然而煮臘八粥的風俗深入民間至今弗輟。我小時候喝臘八粥是一件大事。午夜才過，我的二舅爹爹（我父親的二舅父）就開始作業，搬出擦得鋥光大亮的大小銅鍋兩個，大的高一尺開外，口徑約一尺。然後把預先分別泡過的五穀雜糧如小米、紅豆、老雞頭、薏仁米，以及粥果如白果、栗子、胡桃、紅棗、桂圓肉之類，開始熬煮，不住的用長柄大杓攪動，防黏鍋底。兩鍋內容不太一樣，大的粗糙些，小的細緻些，以粥果多少為別。此外尚有額外精緻粥果另裝一盤，如瓜子仁、杏仁、葡萄乾、紅絲青絲、松子、蜜餞之類，準備臨時放在粥面上的。等到臘八早晨，每人一大碗，盡量加紅糖，稀里呼嚕的喝個盡興。家家熬粥，家家送粥給親友，東一碗來，西一碗去，眞是多此一舉。剩下的粥，倒在大綠釉瓦盆裡，自然凝凍，留到年底也不會壞。自從喪亂，年年過臘八，年年有粥喝，興致未減，材料難求，因陋就簡，虛應故事而已。

餃子

「好吃不過餃子，舒服不過倒著。」這是北方鄉下的一句俗語。北平城裡的人不說這句話。因爲北平人過去不說餃子，都說「煮餑餑」，這也許是滿洲語。我到了十四歲才知道煮餑餑就是餃子。

北方人，不論貴賤，都以餃子爲美食。鐘鳴鼎食之家有的是人力財力，吃頓餃子不算一回事。小康之家要吃頓餃子要動員全家老少，和麵、擀皮、剁餡、包捏、煮，忙成一團，然而亦趣在其中。年終吃餃子是天經地義，有人胃口特強，能從初一到十五頓頓餃子，樂此不疲。當然連吃兩頓就告饒的也不是沒有。至於在鄉下，吃頓餃子不易，也許要在姑奶奶回娘家時候才能有此豪舉。

餃子的成色不同，我吃過最低級的餃子。抗戰期間有一年除夕我在陝西寶雞，餐館過年全不營業，我躑躅街頭，遙見鐵路旁邊有一草棚，燈火熒然，熱氣直冒，乃趨就之，竟是一間餃子館。我叫了二十個韭菜餡餃子，店主還抓了一把帶皮的蒜瓣給我，外加一碗熱湯。我吃得一頭大汗，十分滿足。

我也吃過頂精緻的一頓餃子。在青島順興樓宴會，最後上了一缽水餃，餃子奇小，長僅寸許，餡子卻是黃魚韭黃，湯是清澈而濃的雞湯，表面上還漂著少許雞油。大家已經酒足菜飽，禁不住誘惑，還是給吃得精光，連連叫好。

做餃子第一麵皮要好。店肆現成的餃子皮，鹼太多，煮出來滑溜溜的，咬起來韌性不足。所以一定要自己和麵，軟硬合度，而且要多醒一陣子。蓋上一塊濕布，防乾裂。擀皮子不難，久練即熟，中心稍厚，邊緣稍薄。包的時候一定要用手指捏緊。有些店裡夥計包餃子，用拳頭一握就是一個，快則快矣，煮出來一個個的麵疙瘩，一無是處。

餃子餡各隨所好。有人愛吃薺菜，有人怕吃茴香。有人要薄皮大餡，最好是一兜兒肉，有人願意多羼青菜。（有一位太太應邀吃餃子，咬了一口大叫，主人以為她必是吃到了蒼蠅蟑螂什麼的，她說：「怎麼，這裡面全是菜！」主人大窘。）有人以為豬肉冬瓜餡最好，有人認定羊肉白菜餡為正宗。韭菜餡有人說香，有人說臭，天下之口並不一定同嗜。

冷凍餃子是不得已而為之，還是新鮮的好。據說新發明了一種製造餃子的機器，一貫作業，整潔迅速，我尚未見過。我想最好的餃子機器應該是——人。

吃剩下的餃子，冷藏起來，第二天油鍋裡一炸，炸得焦黃，好吃。

鍋巴

抗戰時期後方餐館有一道菜名爲「轟炸東京」，實在就是蝦仁鍋巴湯。侍者一手端著一大碗油炸鍋巴，一手端著一小碗燴蝦仁，鍋巴放在桌上之後立即把燴蝦仁澆上去，滋拉一聲響，食客大悅，認爲這一聲響彷彿就是東京被轟炸了，心裡一高興，食慾頓開。有人說這個菜名取得無聊，取快一時，形同兒戲。也有人說，抗戰時期一切都該與抗戰有關，與抗戰無關的東西也要加上與抗戰有關的名義。這蝦仁鍋巴湯，命名爲轟炸東京，可以提高士氣，有什麼不好？難道你不想轟炸東京麼？聽說後來我們以德報怨結束抗戰之後，還有人一度改轟炸東京爲轟炸莫斯科呢。這且不談。鍋巴一定要炸得滾燙，燴蝦仁要同時做好，趁熱上桌。廚房和食桌不能距離太遠，侍者不能邁方步，要爭取時間，否則燴蝦仁澆上去悶無聲響，那就很洩氣了，事實上洩氣的場面較爲常見。

鍋巴，一稱鍋底飯。北人煮米半熟輒撈出置籠屜中蒸而食之，無所謂鍋巴。南人率皆用鍋煮米至熟爲止，因此鍋底有一層焦飯。焦飯特別香。《南史·潘綜傳》：「宋初，吳郡人陳遺，少爲郡吏，母好食鍋底飯，遺在役，恆帶一囊，每煮食，輒錄其焦以奉母。」以焦飯奉母，人稱爲純孝。鍋巴本身確是別有滋味，不必油炸。現在店肆出售的鍋巴乃大量製造，雪白的，炸得酥脆，包裝起來當做一種零食點心，非復往昔之鐺底飯了。

鍋巴湯不一定要澆以燴蝦仁，以我所知，口蘑鍋巴湯味乃更勝一籌。所謂口蘑是指張家口一帶出產的蘑菇，形狀與味道和香蕈冬菇不同。有人說，蒙古人吃牛羊肉，剩下的湯湯水水潑在樹根朽木之上，長出來的菌類便是口蘑，味道當然不同。但是也有人說，口蘑是牛馬糞溺滋養出來的。果如後說，口蘑豈非類似北平俗語所謂的「狗尿臺」？我相信口蘑還是人工培植出來的，上什麼肥料就不得而知了。口蘑有大有小，愈小味愈濃，頂小的一種號稱口蘑丁，大小略如鈕釦，細小齊整，上面還帶著一層白霜，美觀極了。抗戰前夕，平綏路局長以專車邀我們幾個學界的朋友（有顧毓琇、吳景超夫婦、莊前鼎、楊伯屏及下走）遊大同雲岡，歸途經張家口小停，我以三十餘元買了半斤上好的道地的口蘑丁，那時候三十餘元就是小學教師一月的薪給。蘑菇丁很容易發開，用以製口蘑鍋巴湯或打滷作湯麵都是無上妙品。

時下常吃到的蝦仁鍋巴湯，往往鍋巴既不夠脆，蝦仁復加大量番茄醬，稠糊糊的一大碗，根本不像是湯，樣子惡劣。此地無口蘑，從外國來的朋友偶爾帶一包口蘑相贈，相當珍貴，但還不是口蘑丁，而且附帶著的細沙，洗十次八次也洗不乾淨，吃到嘴裡牙磣，味道也不夠濃厚。

豆腐

豆腐是我們中國食品中的瓌寶。豆腐之法，是否始於漢淮南王劉安，沒有關係，反正我們已經吃了這麼多年，至今仍然在吃。在海外留學的人，到唐人街雜碎館打牙祭少不了要吃一盤燒豆腐，方才有家鄉風味。有人在海外由於製豆腐而發了財，也有人研究豆腐而得到學位。

關於豆腐的事情，可以編寫一部大書，現在只是談談幾項我個人所喜歡的吃法。

涼拌豆腐，最簡單不過。買塊嫩豆腐，沖洗乾淨，加上一些蔥花，撒些鹽，加麻油，就很好吃。若是用紅醬豆腐的汁澆上去，更好吃。至不濟澆上一些醬油膏和麻油，也不錯。我最喜歡的是香椿拌豆腐。香椿就是莊子所說的「以八千歲為春，以八千歲為秋」的椿。取其吉利，我家後院植有一棵不大不小的椿樹，春發嫩芽，綠中微帶紅色，摘下來用沸水一燙，切成碎末，拌豆腐，有奇香。可是別誤摘臭椿，臭椿就是樗，《本草》李時珍曰：「其葉臭惡，歉年人或採食。」近來臺灣也有香椿芽偶然在市上出現，雖非臭椿，但是嫌其太粗壯，香氣不足。在北平，和香椿拌豆腐可以相提並論的是黃瓜拌豆腐，這黃瓜若是冬天溫室裡長出來的，在沒有黃瓜的季節吃黃瓜拌豆腐，其樂也何如？比松花拌豆腐好吃得多。

「雞刨豆腐」是普通家常菜，可是很有風味。一塊老豆腐用鏟子在炒鍋熱油裡戳碎，戳得亂七八糟，略炒一下，倒下一個打碎了的雞蛋，再炒，加大量蔥花。養過雞的人應該知道，一塊豆腐被雞刨了是什麼樣子。

鍋搨豆腐又是一種味道。切豆腐成許多長方塊，厚薄隨意，裹以雞蛋汁，再裹上一層芡粉，入油鍋炸，炸到兩面焦，取出。再下鍋，澆上預先備好的調味汁，如醬油料酒等，如有蝦子羼入更好。略烹片刻，即可供食。雖然仍是豆腐，然已別有滋味。臺北天廚陳萬策老闆，自己吃長齋，然喜烹調，推出的鍋搨豆腐就是北平作風。

沿街擔販有賣「老豆腐」者。擔子一邊是鍋灶，煮著一鍋豆腐，久煮成蜂窩狀，另一邊是碗匙佐料如醬油、醋、韭菜末、芝麻醬、辣椒油之類。這樣的老豆腐，自己在家裡也可以做。天廚的老豆腐，加上了鮑魚火腿等，身分就不一樣了。

擔販亦有吆喝「滷煮啊，炸豆腐！」者，他賣的是炸豆腐，三角形的，間或還有加上炸豆腐丸子的，煮得爛，加上些佐料如花椒之類，也別有風味。

民國十八九年之際，李璜先生宴客於上海四馬路美麗川（應該是美麗川菜館，大家都稱之爲美麗川），我記得在座的有徐悲鴻、蔣碧微等人，還有我不能忘的席中的一道「蠔油豆腐」。事隔五十餘年，不知李幼老還記得否。蠔油豆腐用頭號大盤，上面平鋪著嫩豆腐，一片片的像瓦壟然，整齊端正，黃澄澄的稀溜溜的蠔油汁灑在上面，亮晶晶的。那時候四川菜在上海初露頭角，我首次品嘗，訝爲異味，此後數十年間吃過無數次川菜，不曾再遇此一傑作。我揣想那一盤豆腐是擺好之後去蒸的，然後澆汁。

厚德福有一道名菜，嘗過的人不多，因爲非有特殊關係或情形他們不肯做，做起來太麻煩，這就是「羅漢豆腐」。豆腐搗成泥，加芡粉以增其黏性，然後捏豆腐泥成小餅狀，實以肉餡，和捏湯糰一般，下鍋過油，再下鍋紅燒，輔以佐料。羅漢是斷盡三界一切見思惑的聖者，焉肯吃外表豆腐而內含肉餡的丸子，稱之爲羅漢豆腐是有揶揄之意，而且也沒有特殊的美味，和「佛跳牆」同是噱頭而已。

凍豆腐是廣受歡迎的，可下火鍋，可做凍豆腐粉絲熬白菜（或酸菜）。有人說，玉泉山的凍豆腐最好吃，泉水好，其實也未必。凡是凍豆腐，味道都差不多。我常看到北方的勞苦人民，辛勞一天，然後拿著一大塊鍋盔，捧著一黑皮大碗的凍豆腐粉絲熬白菜，唏哩呼嚕的吃，我知道他自食其力，他很快樂。

燒羊肉

大家都知道北平月盛齋的醬羊肉醬牛肉，製作精良，名聞遐邇。其實夏季各處羊肉床子所賣的燒羊肉，才是一般市民所常享受的美味。月盛齋的出品雖然好，誰願老遠的跑到前門戶部街去買他一斤兩斤的肉？

燒羊肉和醬羊肉不同，味道不同，製法不同，吃法不同。醬羊肉是大塊羊肉燉得爛透，切片，冷食。燒羊肉完全不一樣。燒羊肉只有羊肉床子賣。所謂羊肉床子，就是屠宰售賣羊肉的店鋪，到了夏季附帶著於午後賣燒羊肉。店鋪全是回教人的生意，內外清潔，刷洗得一塵不染。大塊五花羊肉入鍋煮熟，撈出來，俟稍乾，入油鍋炸，炸到外表焦黃，再入大鍋加料加醬油燜煮，煮到呈焦黑色，取出切條。這樣的羊肉，外焦裡嫩，走油不膩。買燒羊肉的時候不要忘了帶碗，因爲他會給你一碗湯，其味濃厚無比。自己做摃條麵，用這湯澆上，比一般的牛肉麵要鮮美得多。正是新蒜上市的時候，一條條編成辮子的大

月盛齋

月盛齋是由馬慶瑞於清乾隆創辦，意在「月月興盛」，馬慶瑞原在禮部祀典時幫人看顧供桌，有時官吏會把祭祀過的供品賞給他一些，他同御膳房專做羊肉的廚子關係良好，便暗中學藝，從此賣起醬羊肉。相傳慈禧太后對月盛齋燒羊肉特別偏愛，特賜四道腰牌，作為出入宮廷憑證。後慈禧太后退居頤和園，月盛齋派專人値勤。有一次掌櫃於後山抽烟，不幸引發火災，按律應判死罪，太后一句話「辦了他，我吃什麼？」罷免了死罪。

蒜沿街叫賣，新蒜不比舊蒜，特別嫩脆。也正是黃瓜的旺季，切成條。大蒜黃瓜佐燒羊肉麵，美不可言。

離開北平，休想吃到像樣的羊肉。湖南館子的紅繞羊肉，沒有羊肉味，當然也就沒有羊肉特具的腥羶，同時也就沒有羊肉特具的香氣，而且連皮帶肉一起紅燒，北方佬看了一驚。有一天和一位旗籍朋友聊天，談起燒羊肉，惹得他眉飛色舞，涎流三尺。他說，此地既有羊肉，雖說品質甚差，然而何妨一試？他說做就做，不數日，喊我去嘗。果然有七八分相似，慰情聊勝於無，相與拊掌大笑。

菠菜

我們常吃的菠菜，非我土產，唐太宗時來自西域。《唐會要》：「太宗時尼波羅國獻波稜菜，類紅藍，火熟之，能益食味。」菠菜不但可口，而且富鐵質。

前幾年電視曾上映的卡通片「大力水手」，隨身法寶便是一罐菠菜。吞下菠菜之後，他的細瘦的兩臂立即肌肉突起，力大無窮，所向披靡。爲什麼形容菠菜有此奇效？原因是，美國的孩子們吃慣牛奶牛肉糖果，怕吃蔬菜。美國人又不善於烹製蔬菜，他們常吃的菠菜是冰凍的菠菜泥。即使是新鮮菠菜，也要煮得稀巴爛。孩子們視菠菜如畏途。所以才有「大力水手」的出現，意在誘使孩子吃菠菜。我們吃菠菜，無論是煮是炒，都要半生半熟不失其脆。放在火鍋裡，一汆即可。凡是蔬菜都不宜燒得太熟。

在北方，到了菠菜旺季，家家都大量購買菠菜，往往是一買就是半小車子。吃法很多，涼拌菠菜就很爽口，菠菜微煮，立即取出細切，俟涼澆上三和油，再加芝麻醬（稀釋過的）及芥末。再則燴酸菠菜也是家常菜之一，菠菜下鍋煮，半熟，投入一些豬肉絲，肉絲一變色就注入芡粉汁使之稠和，再加適量的醋，最後灑上胡椒粉；菠菜的顏色略變，不能保持原有的綠色，但是酸溜溜，辣兮兮，不失爲一碗別具風味的湯菜。

頓頓吃菠菜，吃久了也膩。北平俗語，吃菠菜太多會把腦門兒吃綠！吃豆腐太多會把兩腿吃軟！這當然是笑話。菠菜可以晒乾，儲留過冬。做乾菠菜都是撿大棵的去晒。做餡吃是很有味的，如同乾扁豆莢一樣。

龍鬚菜

我小時候沒吃過龍鬚菜，稍長吃過外國罐頭裝的龍鬚菜，遂以爲龍鬚菜全是舶來品。但是《本草綱目》明明的記載著：「龍鬚菜，生東南海邊石上。叢生無枝，葉狀如柳根鬚，長者尺餘，白色，以醋浸食之，和肉蒸食亦佳。」現在則龍鬚菜幾乎到處皆有，粗長莖白者，嫩綠細芽者，無不俱備，好像不僅在東南海濱始有生產。

最早吃到龍鬚菜是在西餐中，後來在中餐的席面上也看到龍鬚菜配鮑魚片，算是一道相當出色的冷盤雙拼。都是罐頭貨。

在上海初次嘗到火腿絲炒新鮮龍鬚菜，嫩嫩的細細的綠綠的龍鬚菜配上紅紅的火腿絲，色彩鮮明，其味奇佳。這種新鮮的嫩綠龍鬚，和罐頭龍鬚不同，不但顏色不同，味亦不同，而且稍加剔除就沒有嚼不動的纖維。

罐頭龍鬚至少有三分之一的部分纖維太多，但是罐頭龍鬚有一特殊吃法，甚為佳妙。北平的東興樓致美齋都有「糟鴨泥燴龍鬚」一道名菜。糟鴨片是很好的冷葷一道，糟鴨之頭頭腦腦的零碎肉正好加以利用，切碎之後再細剁成泥，用以燴切成段的龍鬚菜，兩種美味的混合乃成異味。

鴿

明陶宗儀《輟耕錄》：「顏清甫曲阜人，嘗臥病，其幼子偶彈得一鵓鴿，歸以供膳。」用彈弓打鴿子，在北方是常有的事。打下來就吃掉牠。顏家小子打下的鴿子是一隻傳書鴿，這情形就尷尬了，害得顏老先生耑誠到傳書人家去道歉。

我小時候家裡就有發射泥丸的弓弩大小二隻，專用以打房脊上落著的烏鴉，嫌牠呱呱叫不吉利，可是從來沒打中過一隻。鴿子更是沒有打過。鴿子的樣子怪可愛的，在天空打旋尤爲美觀，我們也沒想過吃牠的肉。有許多的人家養鴿子，不拘品種，只圖其肥，視爲家禽的一種。我不覺得牠的肉有什麼特別誘人處。

吃鴿子的風氣大概是以廣東爲最盛。燒烤店裡常掛著一排排的烤鴿子。酒席裡的油淋乳鴿，湘菜館裡也常見。乳鴿取其小而嫩。連頭帶腳一起弄熟了端上桌，有人專吃牠胸脯一塊肉，也有人愛嚼整個的小腦袋瓜，嚼得咯吱咯吱響。臺北開設過一家專賣乳鴿的餐館，大登廣告，不久就關張了，可見嗜油淋乳鴿者不多。

炒鴿鬆比較的還可以吃，因爲鴿肉已經切碎，雜以一些佐料，再有一塊萵苣葉包捲起來，吃不出什麼鴿肉的味道。就像吃果子貍，也吃不出什麼特別味道，直到看見有人從湯裡撈出一個齜牙咧嘴的腦殼，才曉得是吃了果子貍。

北方館子有紅燒鴿蛋一味。鴿蛋比鵪鶉蛋略大，其蛋白蛋黃比鵪鶉蛋嫩，比雞蛋也嫩得多。先煮熟，剝殼，下油鍋炸，炸得外皮焦黃起皺，再回鍋煎燜，投下冬菇筍片火腿之類的佐料，勾芡起鍋，好幾道手續，相當麻煩。可是蛋白微微透明，蛋不大不小，正好一口一個，滋味不錯。有人任性，曾一口氣連吃了三盤！

味精

味精是外國發明的，最初市上流行的是日本的味の素，後來才有自製各種牌子的味精上市取代了日貨。

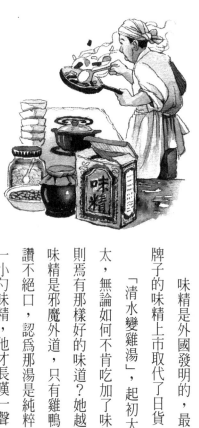

「清水變雞湯」，起初大家認爲幾乎是不可思議之事。有一位茹素的老太太，無論如何不肯吃加了味精的東西，她說有人告訴她那是蛇肉蛇骨做的，否則焉有那樣好的味道？她越想越有理，遂堅信不疑。又有一位老先生，也以爲味精是邪魔外道，只有雞鴨煮出來的高湯才是調味的妙品。他吃麵館的餛飩，讚不絕口，認爲那湯是純粹的高湯，既清且醇。直到有一天親眼看見廚師放進一小勺味精，他才長嘆一聲，有一向受騙之感。

其實味精並不是要不得的東西。從前我有一位揚州廚師，他炒的菜硬是比別人的好吃。我到廚房旁觀他炒白菜。他切大白菜，刀法好，葉歸葉，莖歸莖，都切成長條形，莖厚者則斜刀片薄。莖先下鍋炒，半熟才下葉，加鹽加幾塊木耳，加味精，掂起鍋來翻兩下，立刻取出，色香味俱全。

大凡蔬菜，無論是清炒或煮湯，皆不妨略加味精少許，但份量絕對要少。味精和食鹽都是鈉的化合物，吃太多鹽則口渴，吃太多味精也同樣的口渴。我們常到餐館吃飯，回到家來一定要大量喝茶，就是因爲餐館的菜幾乎無一不大量加味精。甚至有些餐館做蔥油餅或是醃黃瓜也羼味精！有些小餐館，在臨街的櫃櫥裡陳列幾十個頭號味精大罐（多半是空的）以爲號召，其實是令人望而生畏。

現在有些人懂得要少吃鹽的道理，對味精也有戒心。但是一般人還不甚了了。餐館迎合顧客口味，以味精爲討好的捷徑。常見有些食客，諄諄囑咐侍者：「菜不要加味精！」他們沒有了解餐館的結構。普通餐館人員分爲櫃上、灶上、堂口，三部分。各自爲政，很少溝通。關照侍者的話，未必能及時傳到灶上，灶上掌勺的大師傅也未必肯理。味精照加，囑咐的話等於白說。

國人嗜味精成了風氣，許多大大小小的廚師到美國開餐館，把濫用味精的惡習也帶到了美國。中國餐館在美國，本來是以「雜碎」出名，雖然不登大雅之堂，卻也相安無事。近年來餐館林立，味精氾濫，遂引起「中國餐館症候群」的風波，有些地方人士一度排斥中國餐館，指控吃了中國菜就頭暈口渴噁心。

美國佬沒吃過這樣多的味精，一時無法容納，所以有此現象，稍後習慣了一些，也就不再嚷嚷了。

國內有些人家從來不備味精，但是女傭會偷偷的自掏腰包買一小包味精，藏在廚房的一個角落，乘主人不防，在菜鍋裡灑上一小勺。她的理由是：「不加味精不好吃嘛！」

增訂篇（二〇〇九年版）

「疲馬戀舊秣，羈禽思故棲」
讀《中國吃》
酪
麵條
炸活魚
「麥當勞」
說 酒

「疲馬戀舊秣，羈禽思故棲」

「疲馬戀舊秣，羈禽思故棲」是孟郊的句子，人與疲馬羈禽無異，高飛遠走。疲於津梁，不免懷念自己的舊家園。

我的老家在北平，是距今一百幾十年前由我祖父所置的一所房子。坐落在東城相當熱鬧的地區，出胡同東口往北是東四牌樓，出胡同西口是南小街子。東四牌樓是四條大街的交叉口，所以商店林立，市容要比西城的西四牌樓繁盛得多。牌樓根兒底下靠右邊有一家乾果子鋪，是我家投資開設的，領東的掌櫃的姓任，山西人，父親常在晚間帶著我們幾個孩子溜達著到那裡小憩，掌櫃的經常饗我們以汽水，用玻璃球做塞子的那種小瓶汽水，仰著脖子對著瓶口汩汩而飲之，還有從蜜餞缸裡抓出來的蜜餞桃脯的一條條的皮子，當時我認爲那是一大享受。南小街子可是又髒又臭又泥濘的一條路，我小時候每天必需走一段南小街去上學，時常在羊肉床子看宰羊，在切麵鋪買「乾蹦兒」或糖火燒吃。

胡同東口外斜對面就是燈市口，是較寬敞的一條街，在那裡有當時唯一可以買到英文教科書《漢英初階》及墨水鋼筆的漢英圖書館，以後又添了一家郭紀雲，路南還有一家小有名氣的專賣滷蝦小菜臭豆腐的店。往南走約十五分鐘進金魚胡同便是東安市場了。

我的家是一所不大不小的房子。地基比街道高得多，門前有四層石臺階，情形很突出，人稱「高臺階」。原來門前還有左右分列的上馬石凳，因妨礙交通而拆除了。門不大，黑漆紅心，浮刻黑字「忠厚傳家久，詩書繼世長。」門框旁邊木牌刻著「積善堂梁」四個字，那時人家常有堂號，例如三槐堂王、百忍堂張等等，積善堂梁出自何典我不知道。積善之家必有餘慶，語見《易經》，總是勉人爲善的好話，作爲我們的堂號亦頗不惡。打開大門，裡面是一間門洞，左右分列兩條懶凳，從前大門在白晝是永遠敞著的，誰都可以進來歇歇腿。民元兵變之後才把大門關上，進了大門迎面是兩塊金磚鏤刻的「戩穀」兩個大字，戩穀一語出自《詩經》「俾爾戩穀」，戩是福，穀是祿，取其吉祥之義。前面放著一大缸水葱（正名爲莞，音冠），除了水冷成冰的時候總是綠油油的，長得非常旺盛。

向左轉進四扇屏門，是前院。坐北朝南三間正房，中間一間闢爲過廳，左右兩間一為書房一為佛堂。民元前兩年，我的祖父去世，佛堂取消，因為我父親一向不喜求神拜佛，這間房子成了我的臥室，那間書房屬於我的父親，他鎮日價在裡面摩挲他的那些有關金石小學的書籍，前院的南邊是臨街的一排房，作為佣人的居室。前院的西邊又是四扇屏門，裡面是西跨院，兩間北房由塾師居住，兩間南房堆置書籍，後來改成了我的書房，小跨院種了四棵紫丁香，高踰牆外，春暖花開時滿院芬芳。

走進過廳，出去又是一個院子，迎面是一個垂花門，門旁有四大盆石榴樹，花開似火，結實大而且多，院裡又有幾棵梨樹，後來砍伐改種四棵西府海棠。院子東頭是廚房，繞過去一個月亮門通往東院，有一棵高莊柿子樹，一棵黑棗樹，年年收穫纍纍，此外還有紫荊、榆葉梅等等，我記得這個東院主要用途是搖煤球，年年秋後就要張羅搖煤球，要敷一冬天的使用，煤黑子把煤渣與黃土和在一起，加水，和成稀泥，平鋪在地面，用鏟子剁成小方粒，放在大簸籮裡像滾元宵似的滾成圓球，然後攤在地上晒，這份手藝眞不簡單，我兒時常在一旁參觀十分欣賞，如遇天雨，還要急速動員搶救，否則化為一汪黑水全被沖走了。在那廚房裡我是不受歡迎的，廚師嫌我們礙手礙腳，拉麵的時候總是塞給我一團麵教我走得遠遠的，我就玩那一團麵，直玩到那團麵像是一顆煤球爲止。

進了垂花門便是內院，院當中是一個大魚缸，一度養著金魚，缸中還矗立著一座小型假山，山上有橋梁房舍之類，後來不知怎麼水也涸了，假山也不見了，乾脆作爲堆置煤灰煤渣之處，一個魚缸也有它的滄桑！東西廂房到夏天晒得厲害，雖有前廊也無濟於事，幸有寬幅一丈以上的帳篷三塊每天及時支起，略可遮抗驕陽。祖父逝後，內院建築了固定的鉛鐵棚，棚中心設置了兩扇活動的天窗，至是「天棚魚缸石榴樹……」乃粗具規模，民元之際，家裡的環境突然維新，一日之內小辮子剪掉了好幾根，而且裝上了龐然巨物釘在牆上的「德律風」，號碼是六八六，照明的工具原來都是油燈，豬蠟，只有我父親看書時才能點白光熠熠的僧帽牌的洋蠟，煤油燈認爲危險，一向抵制不用，至是裡裡外外裝上了電燈，大放光明。還有兩架電扇，西門子製造的，經常不准孩子們走近五尺距離以內，生怕削斷了我們的手指。

內院上房三間，左右各有套間兩間。祖父在的時候，他坐在炕上，隔著玻璃窗子外望，我們在院裡跑都不敢跑，有一次我們幾個孩子聽見胡同裡有「打糖鑼兒的」的聲音，一時忘形，蜂擁而出，祖父大吼：「跑什麼？留神門牙！」打糖鑼兒的乃是賣糖果的小販，除了糖果之外兼賣廉價玩具。泥捏的小人、蠟燭臺、小風箏、摔炮，花樣很多，我母親一律稱之爲「土筐貨」。我們買了一些東西回來，祖父還坐在那裡，喚我們進去。上房是我們非經呼喚不能進去的，而且一經呼喚便非進去不可的，我們戰戰兢兢的魚貫而入，他指著我問：「你手裡拿著什麼？」我說：「糖」「什麼糖？」我遞出了手指粗細的兩根，一支黑的，一支白的。我解釋說：「這黑的，我們取名爲狗屎橛；這白的爲貓屎橛。」實則那黑的是杏乾做的，白的是柿霜糖，祖父笑著接過去，一支咬一口嘗嘗，連說：「不錯，不錯。」他要我們下次買的時候也給他買兩支，我們奉了聖旨，下次聽到糖鑼兒一響，一湧而出，站在院子裡大叫：「爺爺，您吃貓屎橛，還是吃狗屎橛？」爺爺會立即答腔：「我吃貓屎橛！」這是我所記得的與祖父建立密切關係的開始。

父母帶著我們孩子住西廂房，我同胞一共十一個，我記事的時候已經有四個，姊妹兄弟四個孩子睡一個大炕，好熱鬧，尤其是到了冬天，白天玩不夠，夜晚鑽進被窩齊頭睡在炕上還是吱吱喳喳笑語不休，母親走過來巡視，把每個孩子脖梗子後面的棉被塞緊，使不透風，我感覺得異常的舒適溫暖，便怡然入睡了。我活到如今，夜晚睡時脖梗子後面透涼氣，便想到母親當年那一份愛撫的可貴。母親打發我們睡後還有她的工作，她需要去伺候公婆的茶水點心，直到午夜，她要黎明即起，張羅我們梳洗，她很少睡覺的時間，可是等到「多年的媳婦熬成婆」，這情形又周而復始，於是女性慘矣！

大家庭的膳食是有嚴格規律的，祖父母吃小鍋飯，父母和孩子吃普通飯，男女僕人吃大鍋飯，只有吃煮餑餑吃熱湯麵是例外。我們北方人，飯桌上沒有魚蝦，熗蝦仁、溜魚片是館子裡的菜，只有春夏之交黃魚、大頭魚相繼進入旺季，全家才能大快朵頤，每人可以分到一整尾。秋風起，要吃一兩回鐺爆羊肉，牛肉是永遠不進家門的，院子裡升起一大紅泥火爐的熊熊炭火，有時也用柴，噼噼啪啪的響，鐺上肉香四溢，頗為別致。秋高蟹肥，當然也少不了幾回持螯把酒，平時吃的飯是標準的家常飯，到了特別的吉慶之日，看祖父母的高興，說不定就有整隻烤豬或是燒鴨之類的犒勞。祖父母的小鍋飯也沒有什麼了不起，也不過是爆羊肉、燒茄子、燜扁豆之類，不過是細切細做而已。我記得祖父母進膳時，有時看到我們在院裡拍皮球，便喊我們進去，教我們張開嘴巴，用筷子夾起半肥半瘦的羊肉片往嘴裡塞，我們實在不欣賞肥肉，閉著嘴跑到外面就吐出來。祖父有時候吃得高興，便教「跑上房的」小廝把廚子喚來，隔著窗子對他說：「你今天的爆羊肉做得好，賞錢兩吊！」廚子在院中慌忙屈腿請安，連聲謝謝，我覺得很好笑。我祖母天天要吃燕窩，夜晚由老張媽帶上老花眼鏡坐在門旮旯兒弓著腰駝著背摘燕窩上的細茸毛，好可憐，一清早放在一個薄銚兒裡在小爐子上煨。官燕木盒子是我們的，黑漆金飾，很好玩。

我母親從來不下廚房，可是經我父親特煩，並且親自買回魚鮮筍蕈之類，母親親操刀砧，做出來的菜硬是不同。我十四歲進了清華學校，每星期只准回家一次，除去途中往返，在家只有一頓午飯從容的時間，母親憐愛我，總是親自給我特備一道菜，她知道我愛吃什麼，時常是一大盤肉絲韭黃加冬筍木耳絲，臨起鍋加一大勺花雕酒——菜的香，母的愛，現在回憶起來不禁涎欲滴而淚欲垂！

我生在西廂房，長在西廂房，回憶兒時生活大半在西廂房的那個大炕上。炕上有個被窩垜，由被褥堆垛起來的，十床八床被褥可以堆得很高，我們爬上爬下以爲戲，直到把被窩垛壓到連人帶被一齊滾落下來然後已。炕上有個炕桌，那是我們啓蒙時寫讀的所在。我同哥姊四個人，盤腿落腳的坐在炕上，或是把腿伸到桌底下，夜晚靠一盞油燈，三根燈草，描紅模子，寫大字，或是朗誦「一老人，入市中，買魚兩尾，步行回家。」我曾滿懷疑慮的問父親：「爲什麼他買魚兩尾就不許他回家？」惹得一家大笑。有一回我們圍著炕桌夜讀，我兩腿清瘦，一時忘形把膝頭一拱，嘩喇喇一聲炕桌滑落地上，油燈墨盒潑灑得一場糊塗。母親有時督促我們用功，不准我們淘氣，手裡握著笤帚疙瘩或是撢子把兒，作威嚇狀，可是從來沒有實行過體罰。這西廂房就是我的窩，夙興夜寐，沒有一個地方比這個窩更為舒適。雖然前面有廊簷而後面無窗，上支下摘的舊式房屋就是這樣的通風欠佳。我從小就是喜歡早起早睡。祖父生日有時叫一臺「托偶戲」在院中上演，有時候是灤州影戲，唱的無非是什麼盤絲洞、走鼓沾棉、三娘教子、武家坡之類，大鑼大鼓，尖聲細嗓，我吃不消，我依然是按時回房睡覺，大家目我為落落寡合的怪物。可是影戲裡有一個角色我至今不忘，那就是每齣戲完畢之後上來叩謝賞錢的那個小丑，滿身袍褂靴帽而腦後翹著一根小辮，跪下來磕三個響頭，有人用驚堂木配合著用力敲三下，砰砰砰，清脆可聽，我所以對這個腳色發生興趣，是因為他滑稽，同時代表那種只為貪圖一吊兩吊的小利就不惜卑躬屈節向人磕頭的奴才相。這種奴才相在人間世裡到處皆是。

小時過年固然熱鬧，快意之事也不太多。除夕滿院子灑上芝蔴秸，踩上去咯吱咯吱響，一樂也；宮燈、紗燈、牛角燈全部出籠，而孩子們也奉准每人提一隻紙糊的「氣死風」，二樂也；大開賭戒，可以擲狀元紅，呼盧喝雉，難得放肆，三樂也。但是在另一方面；年菜年年如是，大量製造，等於是天天吃剩菜，幾頓煮餑餑吃得人倒盡胃口。雜拌兒麼，不管粗細，都少不了塵埃細沙雜拌其間，吃到嘴裡牙磣。撤供下來的蜜供也是罩上了薄薄一層香灰。壓歲錢則一律塞進撲滿，永遠沒滿過，也永遠沒撲過，後來不知到哪裡去了。天寒地凍，無處可玩，街上店鋪家家閉戶，裡面不成腔調的鑼鼓點兒此起彼落。廠甸兒能擠死人，爲了「喝豆汁兒，就鹹菜兒，琉璃喇叭大沙雁兒。」眞犯不著。過年最使人窩心的事莫過於挨門去給長輩拜年，其中頗有些位只是年齡比我長些，最可惱的是有時候主人並不擋駕而教你進入廳堂朝上磕頭，從門簾後面驀的鑽出一個不三不四的老媽媽，「喲，瞧這家的哥兒長得可出息啦！」民元以後我們家裡不再有這些繁文縟節。

還有一個後院，四四方方的，相當寬綽。正中央有一棵兩人合抱的大榆樹。後邊有榆（餘）取其吉利。凡事要留有餘，不可盡，是我們民族特性之一。這棵榆樹不但高大而且枝幹繁茂，其圓如蓋，遮滿了整個院子。但是不可以坐在下面乘涼，因爲上面有無數的紅毛綠毛的毛蟲，不時的落下來，咕咕嚷嚷的惹人嫌。榆樹下面有一個葡萄架，近根處埋一兩隻死貓，年年葡萄豐收，長長的馬乳葡萄。此外靠邊還有香椿一、花椒一、嘎嘎兒棗一。每逢春暮，榆樹開花結莢，名爲榆錢。榆莢紛紛落下時，謂之「榆莢雨」（見《荊楚歲時記》）。施肩吾咏榆莢詩：「風吹榆錢落如雨，繞林繞屋來不住。」我們北方人生活清苦，遇到榆莢成雨時就要吃一頓榆錢糕。名爲糕，實則撿榆錢洗淨，和以小米麵或棒子麵，上鍋蒸熟，舀取碗內，加醬油醋麻油及切成段的蔥白蔥葉而食之。我家每做榆錢糕成，全家上下聚在院裡，站在階前分而食之。比《帝京景物略》所說「四月榆初錢，麵和糖蒸食之。」還要簡省。僕人吃過一碗兩碗之後，照例要請安道謝而退。我的大哥有一次不知怎的心血來潮，吃完之後也走到祖母跟前，屈下一條腿深深請了個安，並且說了一聲「謝謝您！」祖母勃然大怒，「好哇！你把我當做什麼人？……」氣得幾乎暈厥過去。父親迫於形勢，只好使用家法了。從牆上取下一根籐馬鞭，高高舉起，輕輕落下，一五一十的打在我哥哥的屁股上。我本想跟進請安道謝，幸而免，嚇得半死，從此我見了榆錢就噁心，對於無理的專制與壓迫在幼小時就有了認識。後院東邊有個小院，北房三間，南房一間，其間有一口井。井水是苦的，只可汲來洗衣洗菜，但是另有妙用，夏季把西瓜繫下去，隔夜取出。透心涼。

想起這棟舊家宅，順便想起若干兒時事。如今隔了半個多世紀，房子一定是面目全非了，其實人也不復是當年的模樣，縱使我能回去探視舊居，恐怕我將認不得房子，而房子恐怕也認不得我了。

讀《中國吃》

中國人饞，也許北平人比較起來最饞。饞，若是譯成英文很難找到適當的字。譯爲piggish, gluttonous, greedy都不恰，因爲這幾個字令人聯想起一副狼吞虎嚥的饕餮相，而眞正饞的人不是那個樣子。中國宮廷擺出滿漢全席，富足人家享用烤乳豬的時候，英國人還用手抓菜吃，後來知道用刀叉也常常是在宴會中身邊自帶刀叉備用，一般人怕還不知蔗糖胡椒爲何物。文化發展到相當程度，人才知道饞。

讀了唐魯孫先生的《中國吃》，一似過屠門而大嚼，使得饞人垂涎欲滴。唐先生不但知道的東西多，而且用地道的北平話來寫，使北平人覺得益發親切有味，忍不住，我也來饒舌。

現在正是吃烤涮的時候，事實上一過中秋烤涮就上市了，不過要等到天眞冷下來，吃烤涮才夠味道。東安市場的東來順生意鼎盛，比較平民化一些，更好的地方是前門肉市的正陽樓。那是一個彎彎曲曲的陋巷，地面上經常有好深的車轍，不知現在拓寬了沒有。正陽樓的雅座在路東，有兩個院子，大概有十來個座兒。前院放著四個烤肉炙子，圍著幾條板凳。吃烤肉講究一條腿踩在凳子上，作金雞獨立狀，然後探著腰自烤自吃自酌。正陽樓出名的是螃蟹，個兒特別大，別處吃不到，因爲螃蟹從天津運來，正陽樓出大價錢優先選擇，所以特大號的螃蟹全在正陽樓，落不到旁人手上。買進之後要在大缸裡養好幾天，每天澆以雞蛋白，所以長得各個頂蓋兒肥。客人進門在二道門口兒就可以看見一大缸一大缸的無腸公子。平常一個人吃一尖一團就足夠了，佐以高粱最爲合適。吃螃蟹的傢伙也很獨到，一個小圓木盤，一只小木槌子，每客一份。如果你覺得這套傢伙好，而且你又是常客，臨去帶走幾副也無所謂，小賬當然要多給一點。螃蟹吃過之後，烤肉涮肉即可開始。肉是羊肉，不像烤肉紀烤肉苑那樣以牛肉爲主。正陽樓的切羊肉的師傅是一把手，他用一塊抹布包在一條羊肉上（不是冰箱凍肉），快刀慢切，切得飛薄。黃瓜條，三叉兒，大肥片兒，上腦兒，任聽尊選。一盤沒有幾片，夠兩筷子。如果喜歡吃涮的，早點吩咐夥計升好鍋子熬湯，熟客還可以要一個鍋子底兒，那就是別人涮過的剩湯，格外濃。如果要吃烤的，自己到院子裡去烤，再不然就教夥計代勞。正陽樓的燒餅也特別，薄薄的兩層皮兒，沒有瓤兒，燙手熱。撕開四分之三，掰開了一股熱氣噴出，把肉往裡一塞，又香又軟又熱又嫩。吃過螃蟹烤羊肉之後，要想喝點什麼便感覺到很爲難，因爲在那鮮美的食物之後無以爲繼，喝什麼湯也沒有滋味了。有高人點指，螃蟹烤肉之後唯一壓得住陣腳的是汆大甲，大甲就是螃蟹的螯，剝出來的大塊螯肉在高湯裡一汆，加芫荽末，加胡椒麵兒，灑上回鍋油炸麻花兒。只有這樣的一碗湯，香而不膩。以蟹始，以蟹終，吃得服服帖帖。烤羊肉這種東西，很容易食過量，飯後備有普洱釅茶幫助消化，向堂倌索取即可，否則他是不送上的。如果有人貪食過量，當場動彈不得，撐得翻白眼兒，人家還備有特效解藥，那便是燒焦了的栗子，磨成灰，用水服下，包管你肚子裡咕嚕咕嚕響，躺一會兒就沒事了。雅座都有木炕可供小臥。正陽樓也賣普通炒菜，不過吃主總是專吃他的螃蟹羊肉。臺灣也有所謂蒙古烤肉，鐵炙子倒是滿大的，羊肉的質料不能和口外的綿羊比，而且烤的佐料也不大對勁，什麼紅蘿蔔絲辣椒油全羼上去了。燒餅是小厚墩兒，好厚的心子，肉夾不進去。

上面說到炰烤涮，炰是什麼？炰或寫做爆。是用一面平底的鐺（音錚）放在爐子上，微火將鐺燒熱，用焦煤、木炭、柴均可。肉蘸了醬油香油，拌了蔥薑之後，在鐺上滾來滾去就熟了，這叫做鐺包羊肉，味清淡，別有風味，中秋過後十刹海路邊上就有專賣鐺包羊肉的攤子。在家裡用烙餅的小鐺也可以對付。至於普通館子的炰羊肉，大火旺油加蔥爆炒，那就是另外一碼子事了。

東興樓是數一數二的大館子，做的是山東菜。山東菜大致分爲兩幫，一是煙臺幫，一是濟南幫，菜數作風不同。豐澤園明湖春等比較後起，屬於濟南幫。東興樓是屬於煙臺幫。初到東興樓的人沒有不詫異的，其房屋之高的，高得不成比例，原來他們是預備建樓的，所以木料都有相當的長度，後來因爲地址在東華門大街，有人挑剔說離皇城根兒太近，有藉以窺探宮內之嫌，不許建樓，所以爲了將就木材，房屋的間架特高。別看東興樓是大館子，他們保存舊式作風，廚房臨街，以木柵做窗，爲的是便利一般的「口兒廚子」站在外面學兩手兒。有手藝的人不怕人學，因爲很難學到家。客人一掀布帘進去，櫃臺前面一排人，大掌櫃的，二掌櫃的，執事先生，一齊點頭哈腰「二爺您來啦」，「三爺您來啦！」山東人就是不喊人做大爺，大概是因爲武大郎才是大爺之故。一聲「看座！」裡面的夥計立刻應聲。二門有個影壁，前面大木槽養著十條八條的活魚。北平不是吃海鮮的地方，大館子總是經常備有活魚。東興樓的菜以精緻著名，調貨好，選材精，規規矩矩。炸胗一定去裡兒，爆肚兒一定去草芽子。爆肚仁有三種作法，油爆，鹽爆，湯爆，各有妙處，這道菜之最可人處是在觸覺上，嚼上去不軟不硬不韌而脆，雪白的肚仁襯上綠的香菜梗，於色香味之外還加上觸，焉得不妙？我曾一口氣點了油爆鹽爆湯爆三件，眞乃下酒的上品。芙蓉雞片也是拿手，片薄而大，襯上三五根豌豆苗，盤子裡不汪著油。燴烏魚錢帶割雛兒也是著名的。烏魚錢又名烏魚蛋，蛋字犯忌，故改為錢，實際是魚的卵巢。割雛兒是山東話，雞血的代名詞，我問過許多山東朋友，都不知道這兩個字如何寫法，只是讀如割雛兒。鍋燒雞也是一絕，油炸整隻子雞，堂倌拿到門外廊下手撕之，然後澆以燴雞雜一小碗。就是普通的肉末夾燒餅，東興樓的也與眾不同，肉末特別細，肉末是切的，不是斬的，更不是機器軋的。拌鴨掌到處都有，東興樓的不夾帶半根骨頭，墊底的黑木耳適可而止。糟鴨片沒有第二家能比，上好的糟，糟得徹底。民國十五年夏，一批朋友從外國遊學歸來，時昭瀛意氣風發要大請客，指定東興樓，要我做提調，那時候十二元一席就可以了，我訂的是三十元一桌，內容豐美自不消說，尤妙的是東興樓自動把埋在地下十幾年的陳釀花雕起了出來，羼上新酒，芬芳撲鼻，這一餐吃得杯盤狼藉，皆大歡喜。只是風流雲散，故人多已成鬼，盛筵難再了。

東興樓在抗戰期間在日軍高壓之下停業，後來在帥府園易主重張，勝利後曾往嘗試，則已面目全非，當年手藝不可再見。

致美樓，在煤市街，路西的是雅座，稱致美齋，廚房在路東，斜對面。也是屬於煙臺一系，菜式比東興樓稍粗一些，價亦稍廉，樓上堂倌有一位初仁義，滿口煙臺話，一團和氣。鹹白菜醬蘿蔔之類的小菜，向例是夥計們準備，與櫃上無涉，其中有一色是醬豆腐汁拌嫩豆腐，灑上一勺麻油，特別好吃，我每次去初仁義先生總是給我一大碗拌豆腐，不是一小碟。後來初仁義升做掌櫃的了。我最喜歡的吃法是要兩個清油餅（即麵條盤成餅狀下鍋油煎）再要一小碗燴兩雞絲或燴蝦仁，往餅上一澆。我給起了個名字，叫過橋餅。致美齋的煎餛飩是別處沒有的，餛飩油炸，然後上屜一蒸，非常別致。沙鍋魚翅燉得很爛，不大不小的一鍋足夠三五個人吃，雖然用的是翅根兒，不能和黃魚尾比，可是幾個人小聚，得此亦是最好不過的下飯的菜了。還有芝麻醬拌海參絲，加蒜泥，冰得涼涼的，在夏天比什麼冷葷都強，至少比里肌絲拉皮兒要高明得多。到了快過年的時候，致美齋特製蘿蔔絲餅和火腿月餅，與眾不同，主要的是用以餽贈長年主顧，人情味十足。初仁義每次回家，都帶新鮮的煙臺蘋果送給我，有一回還帶了幾個萊陽梨。

厚德福飯莊原先是個菸館，附帶著賣一些餛飩點心之類供烟客消夜。後來到了袁氏當國，河南人大走紅運，厚德福才改爲飯館。老掌櫃的陳蓮堂是河南人，高高大大的，留著山羊鬍子，滿口河南土音，在烹調上確有一手。當年河南開封是辦理河工的主要據點，河工是肥缺，連帶著地方也富庶起來，飯館業跟著發達，這就和揚州爲鹽商匯集的地方所以飲宴一道也很發達完全一樣。袁氏當國以後，河南菜才在北平插進一腳，以前全是山東人的天下。厚德福地方太小，在大柵欄一條陋巷的巷底，小小的招牌，看起來不起眼，有人連找都不易找到。樓上樓下只有四個小小的房間，外加幾個散座。可是名氣不小，吃客沒有不知道厚德福的。最尷尬的是那樓梯，直上直下的，坡度極高，各層相隔甚巨。厚德福的拿手菜，大家都知道，包括瓦塊魚，其所以做得出色主要是因爲魚新鮮肥大，只取其中段，不惜工本，成績怎能不好？勾汁兒也有研究，要濃稀甜鹹合度。吃剩下的汁兒焙麵，那是騙人的，根本不是麵，是刨番薯絲，要不然炸出來怎能那麼酥脆？另一道名菜是鐵鍋蛋，說穿了也就是南京人所謂漲蛋，不過厚德福的鐵鍋更能保溫，端上桌還久久的滋滋響。我的朋友趙太侔曾建議在蛋裡加上一些美國的Cheese碎末，試驗之後風味絕佳，不過不喜歡Cheese的人說不定會「氣死」！炒魷魚卷也是他們的拿手，好在發得透，切得細，旺油爆炒。核桃腰也是異曲同工的菜，與一般炸腰花不同之處是他的刀法好，火候對，吃起來有咬核桃的風味。後有人仿效，眞個的把核桃仁加進腰花一起炒，那眞是不對意思了。最值一提的是生炒鱔魚絲。鱔魚味美，可是山東館不賣這一道菜，誰要是到東興樓致美齋去點鱔魚，那簡直是開玩笑。淮揚館子做的軟兒或是熗虎尾也很好吃，但風味不及生炒鱔魚絲，因爲生炒才顯得脆嫩。在臺灣吃不到這個菜。華西街有一家海鮮店寫著生炒鱔魚四個大字，尙未嘗試過，不知究竟如何。厚德福還有一味風乾雞，到了冬天一進門就可以看見房簷下掛著一排雞去了臟腑，留著羽毛，塡進香料和鹽，要掛很久，到了開春即可取食。風雞下酒最好，異於熏雞滷雞燒雞白切油雞。

厚德福之生意突然猛晉是由於民初先農壇城南遊藝園開放。陳掌櫃託警察廳的朋友幫忙搶先弄到營業執照，匾額就是警察廳擅寫魏碑的那一位劉勃安先生的手筆（北平大街小巷的路牌都是出自他手）。平素陳掌櫃培養了一批徒弟，各有專長，例如梁西臣善使旺油，最受他的器重，他的長子陳景裕一直跟著父親做生意。營利所得，同伙各半，因此櫃上，灶上，堂口上，融洽合作。城南遊藝園風光了一陣子，因樓塌砸死了人而歇業，厚德福分號也只好跟著關門。其充足的人力、財力、無處發洩，老店地勢偪促不能擴展，而且他們篤信風水，絕對不肯遷移。於是乎厚德福向國內各處展開，瀋陽、長春、黑龍江、西安、青島、上海、香港、昆明、重慶、北碚等處分號次第成立，現在情形如何就不知道了。厚德福分號既多，人手漸不敷用，同時菜式也變了質，不復能維持原有作風。例如，各地厚德福以北平烤鴨著名，那就是難以令人逆料的事。

說起烤鴨，也有一段歷史。

北平不叫烤鴨，叫燒鴨子。因爲不是餵養長大的，是填肥的，所以有填鴨之稱。填鴨的把式都是通州人，因爲通州是運河北端起點，富有水利，宜於放鴨。這種鴨子羽毛潔白，非常可愛，與野鴨迥異。鴨子到了適齡的時候，便要開始填。把式坐在凳子上，把隻鴨子放在大腿中間一夾，一隻手掰開鴨子的嘴，一隻手拿一根比香腸粗而長的預先搓好的飼料硬往嘴裡塞，塞進嘴之後順著鴨脖子往下捋，然後再一根下去，再一根下去……填得鴨子搖搖晃晃。這時候把鴨子往一間小屋裡一丟，小屋裡擁擠不堪，絕無周旋餘地，想散步是萬不可能。這樣填個十天半個月，鴨子還不蹲膘？

吊爐燒鴨是由醬肘子鋪發賣，以從前的老便宜坊爲最出名，之後金魚胡同西口的寶華春也還不錯。飯館子沒有自己烤鴨子的，除了全聚德以專賣全席之外。厚德福不賣燒鴨，只有分號才賣，起因是櫃子上有一位張詩舫先生，精明能幹，好多處分號成立都是他去打頭陣，他是通州人，填鴨是內行，所以就試行發賣北平烤鴨了。我在北碚的時候，他去籌設分號，最初試行塡鴨，塡死了三分之一，因爲鴨種不對，禁不住塡，後來減輕塡量才獲相當的成功。吊爐燒鴨不能比叉燒烤鴨，吊爐燒鴨因爲是塡鴨，油厚，片的時候是連皮帶油帶肉一起片。叉燒烤鴨一般不用塡鴨，只揀稍微肥大一點就行了，預先掛起晾乾，烤起來皮和肉容易分離，中間根本沒有黃油，有些飯館乾脆把皮揭下盛滿一大盤子上桌，隨後再上一盤子瘦肉。那焦脆的皮固然也很好吃，然而不是吊爐燒鴨的本來面目。現在臺灣的烤鴨，都不是塡鴨，有那份手藝的人不容易找。至於廣式的燒鴨以及電烤鴨，那都是另一個路數了。

在福全館吃燒鴨最方便，因爲有個醬肘子鋪就在右手不遠，可以喊他送一隻過來，鴨架裝打滷，斜對面灶溫叫幾碗一窩絲，實在最爲理想，寶華春樓上也可以吃燒鴨，現燒現片，湯手熱，附帶著供應薄餅蔥醬盒子菜，豐富極了。

在《中國吃》這本書裡，唐先生提起錫拉胡同玉華臺的湯包，的確是一絕。玉華臺是揚州館，在北平算是後起的，好像是繼春華樓而起的第一家揚州館，此後如八面槽的淮揚春以及許多什麼什麼春的也都跟著出現了。玉華臺的大師傅是從東堂子胡同楊家（楊世驤）出來的，手藝高超。我在北平的時候，北大外文系女生楊毓恂小姐畢業時請外文系教授們吃玉華臺，胡適之先生也在座，若不是胡先生即席考證我還不知楊小姐就是東堂子胡同楊家的千金。老東家的小姐出面請客，一切伺候那還錯得了？最拿手的湯包當然也格外加工加細。從籠裡取出，需用手捏住包子的褶兒，猛然提取，若是一猶疑就怕要皮破湯流不堪設想。其實這玩藝兒是吃個新鮮勁兒。誰吃包子盡吮湯呀？而且那湯原是大量肉皮凍爲主，無論加什麼材料進去，味道不會十分鮮美。包子皮是燙麵做的，微有韌性，否則包不住湯。我平常在玉華臺吃飯，最欣賞它的水晶蝦餅，厚厚的扁圓形的擺滿一大盤，潔白無瑕，幾乎是透明的，入口軟脆而鬆。做這道菜的訣竅是用上好白蝦，羼進適量的切碎的肥肉，若完全是蝦既不能脆更不能透明，入溫油徐徐炸之，不要焦，焦了就不好看。不說穿了，誰也不知道裡頭有肥肉，怕吃肥肉的人最好少下箸爲妙。一般館子的炸蝦球也差不多是一個作法，可能羼了少許芡粉，也可能不完全是白蝦。玉華臺還有一道核桃酪也做得好，當然根本不是酪，是磨米成末，擰汁過濾（這一道手續很重要，不過濾則渣粗），然後加入紅棗泥（去皮）使微呈紫紅色，再加入乾核桃磨成的粉，取其香。這一道甜湯比什麼白木耳蓮子羹或罐頭水果充數的湯要強得多。在家裡也可以做，泡好白米搗碎取汁，和做杏仁茶的道理一樣。自己做的核桃酪我發覺比館子裡大量出品的還要精細可口些。

北平的吃食，怎麼說也說不完。唐魯孫先生見多廣識，實在令人佩服。我雖然也是北平生長大的，接觸到的生活面很窄。有一回齊如山老先生問我吃過哈達門外的豆腐腦沒有，我說沒有，他便約了幾個人（好像陳紀瀅先生在內）到哈達門外路西一個胡同裡，那裡有好幾家專賣豆腐腦的店，碗大滷鮮豆腐嫩，比東安市場的高明得多。這雖然是小吃，沒人指引也就不得其門而入。又例如灌腸是我最喜愛的食物，煎得焦焦的，那油不是普通的油，是賣「熏魚兒的」作坊所撇出來的油，有說不出的味道。所謂賣「熏魚兒」的，當初是有小條的熏魚賣，後來熏魚就不見了，只有豬頭肉、腸子、肝腦、豬心等等。小販揹著木箱串胡同，口裡吆喝著「麵筋喲！」其實賣的是豬頭肉等，麵筋早已不見了，而你喊他過來的時候卻要喊「賣熏魚兒的！」這眞是一怪。有人告訴我要吃眞正的灌腸需要到後門外橋頭兒上那一家去，那才是眞正的灌腸，又粗又壯的腸子就和別處不同，而且是用眞正的豬腸。這一說明把我嚇退，豬腸太肥，至今不曾去嘗試過，可是有人說那味道確實不同。小吃還有這麼多講究，飯館子飯莊子裡面的學問當然更大了去了。我寫此短文，不是爲唐先生的大文做補充，要補充我也補充不了多少，我只是讀了唐先生的書，心裡一痛快，信口開河，湊個趣兒。

酪

酪就是凝凍的牛奶，北平有名的食物，我在別處還沒有見過。到夏天下午，賣酪的小販挑著兩個木桶就出現了，桶上蓋著一塊藍布，在大街小巷裡穿行，他的叫賣聲是：「伊——喲，酪——啊！」伊喲不知何解。住家的公子哥兒們把賣酪的喊進了門洞兒，坐在長條的懶凳上，不慌不忙的喝酪。木桶裡中間放一塊冰，四周圍全是一碗碗的酪，每碗上架一塊木板，幾十碗酪可以疊架起來。賣酪的順手遞給你一把小勺，名爲勺，實際上是略具匙形的一片馬口鐵。你用這飛薄的小勺慢慢的取食，又香又甜又涼，一碗不夠再來一碗。賣酪的爲推銷起見特備一個籤筒，你付錢抽籤，抽中了上好的籤可以白喝若干碗。通常總是賣酪的淨賺，可是有一回我親眼看見一位大宅門兒的公子哥兒，不知爲什麼手氣那樣好，一連幾籤把整個一挑子的酪都贏走了，登時喊叫家裡的廚子車夫打雜兒的都到門洞兒裡來喝免費的酪，只見那賣酪的咧著嘴大哭。

酪有酪鋪。我家附近，東四牌樓根兒底下就有一家。最有名的一家是在前門外框兒胡同北頭兒路西，我記不得他的字號了。掀門帘進去，裡面沒有什麼設備，一邊靠牆幾個大木桶，一邊幾個座兒。他家的酪，牛奶醇而新鮮，所以味道與眾不同，大碗帶果的尤佳，酪裡面有瓜子仁兒，於喝咽之外有點東西咀嚼，別有風味，每途經其地，或是散戲出來，必定喝他兩碗。

看戲的時候，也少不了有賣酪的托著盤子在擁擠不堪的客座中間穿來穿去，口裡喊著「酪——來——酪！」聽戲在入神的時候，賣酪的最討人厭。有一回小丑李敬山，在臺上和另一小丑打諢，他問：「你聽見過王八是怎樣叫喚的麼？」「沒聽過。」「你聽——」這時候有一位賣酪的正從臺前經過，口裡喊著「酪——來——酪！」於是觀眾哄堂大笑。

久離北平的人，不免犯饞，想北平的吃食，酪是其中之一。齊如山先生有一天請我到他家去喝酪。酪是黃媛珊女士做的，樣子很好，味也不錯，就是少那麼一點點北平酪的香味，那香味應該說是近似酒香。她是大批的做，一做就是百兒八十碗，我去喝酪的那天，正見齊瑛先生把酪裝上吉普車送往中華路一家店鋪代售。我後來看到，那家店鋪窗上貼著有「北平奶酪」的紅紙條。可惜光顧的人很少，因為「膻肉酪漿，以充飢渴」究竟是北方人的習俗，而在北方畜牧亦不發達，所謂的酪只有北平城裡的人才得享用。齊府所製之酪，不久成爲絕響。

我們中國人，比較起來是消費牛奶很少的一個民族。我個人就很怕喝奶，溫熱了喝有一股腥氣，冷凍了捏著鼻子往下灌又覺得長久胃裡吃不消，可是做成酪我就喜歡喝。喝了幾十年酪，不知酪是怎樣做的。查書《飲膳正要》云：「造法用乳牛勺鍋內炒過，入餘乳熬數十沸，頻以勺縱橫攪之，傾出，罐盛待涼，掠取浮皮爲酥，入舊酪少許，紙封貯，即成酪。」說得輕鬆，我不敢嘗試，總疑心奶不能那麼容易凝結，好像需要加進一點什麼才成，好像做豆腐也要在豆漿裡點一些鹽滷才成。過去有酪喝，也就不想自己試做。黃媛珊女士做了，我也喝了，就是忘了問她是怎麼做的，也許問過了，現在又忘了她是怎麼說的。我來美國住了一陣之後，在我女兒文薔家裡又喝到了酪，是外國做法，雖不敢說和北平的酪媲美，至少慰情聊勝於無。現在把製法簡述於下，以饗同好。

一、新鮮全脂牛奶，一夸特可以做六飯碗。奶粉也行，總不及鮮奶。

二、奶裡加酌量的糖，及香料少許，杏仁精就很好，凡尼拉也行，不過我以爲用甜酒調味（rumflavor）效果更佳。也有人說用金門高粱也很好。

三、凝乳片（rennet tablet）放在冷水裡溶化，每片可做兩碗。這種凝乳片是由牛犢的胃內膜提煉而成的，美國一般超級市場有售。

四、牛奶加溫至華氏一百一十度，不可太熱，如用口嘗微溫即可，絕對不可使沸，如太熱須俟其冷卻。

五、將凝乳劑傾入奶中，稍加攪和，俟冷放進冰箱，冰涼即可食用。手續很簡便，不到一刻鐘就完成了，曾幾度持以待容，均食之而甘，彷彿又回到了北平，「酪——來——酪」之聲盈耳。

麵條

麵條，誰沒吃過？但是其中大有學問。

北方人吃麵講究吃抻麵。抻，音ㄔㄣ，用手拉的意思，所以又稱爲拉麵。用機器壓切的麵曰切麵，那是比較晚近的產品，雖然產製方便，味道不大對勁。

我小時候在北京，家裡常吃麵，一頓飯一頓麵是常事，麵又常常是麵條。一家十幾口，麵條由一位廚子供應，他的本事不小。在夏天，他總是打赤膊，拿大塊和好了的麵團，揉成一長條，提起來擰成麻花形，滴溜溜的轉，然後執其兩端，上上下下的抖，越抖越長，兩臂伸展到無可再伸，就把長長的麵條折成雙股，雙股再拉，拉成四股，四股變成八股，一直拉下去，拉到粗細適度爲止。在拉的過程中不時的在灑了乾麵粉的案子上重重的摔，使黏上乾麵，免得黏了起來。這樣的拉一把麵，可供十碗八碗。一把麵抻好投在沸滾的鍋裡，馬上摜第二把麵，如是摜上兩三把，差不多就夠吃的了，可是廚子累得一頭大汗。我常站在廚房門口，參觀廚子表演摜麵，越誇獎他，他越抖神，眉飛色舞，如表演體操。麵和得不軟不硬，像牛筋似的，兩胳膊若沒有一把子力氣，怎行？

麵可以摜得很細。隆福寺街灶溫，是小規模的二葷鋪，他家的拉麵眞是一絕。拉得像是掛麵那樣細，而吃在嘴裡俐俐落落。在福全館吃燒鴨，鴨架裝打滷，在對門灶溫叫幾碗一窩絲，眞是再好沒有的打滷麵。自己家裡摜的麵，雖然難以和灶溫的比，也可以摜得相當標準。也有人喜歡吃粗麵條，可以粗到像是小指頭，筷子夾起來卜楞卜楞的像是鯉魚打挺。本來摜麵的妙處就是在於那一口咬勁兒，多少有些韌性，不像切麵那樣的糟，其原因是摜得久，把麵的韌性給摜出來了。要吃過水兒麵，把煮熟的麵條在冷水或溫水裡涮一下；要吃鍋裡挑，就不過水，稍微黏一點，各有風味。麵條兒寧長勿短，如嫌太長可以攔腰切一兩刀再下鍋。壽麵當然是越長越好，曾見有人用切麵做壽麵，也許是麵擱久了，也許是煮過火了，上桌之後，當眾用筷子一挑，肝腸寸斷，窘得下不了臺！

其實麵條本身無味，全憑調配得宜。我見識譾陋，記得在抗戰初年，長沙尚未經過那次大火，在天心閣吃過一碗雞火麵，印象甚深。首先是那碗，大而且深，比別處所謂「二海」容量還要大些，先聲奪人。那碗湯清可鑒底，表面上沒有油星，一抹麵條排列整齊，像是美人頭上才梳攏好的髮蓬，一根不擾。大大的幾片火腿雞脯擺在上面。看這模樣就覺得可人，味還差得了？再就是離成都不遠的牌坊麵，遠近馳名，別看那小小一撮麵，七八樣佐料加上去，硬是要得，來往過客就是不餓也能連罄五七碗。我在北碚的時候，有一陣子詩人尹石公做過雅舍的房客，石老是揚州人，也頗喜歡吃麵，有一天他對我說：「李笠翁閒情偶寄有一段話提到湯麵深獲我心，他說味在湯裡而麵索然寡味，應該是湯在麵裡然後麵才有味。我照此原則試驗已得初步成功，明日再試敬請品嘗。」第二天他果然市得小小蹄膀，細火炮爛，用那半鍋稠湯下麵，把湯耗乾爲度，蹄膀的精華乃全在麵裡。

我是從小吃炸醬麵長大的。麵一定是抻的，從來不用切麵。後來離鄉外出，沒有廚子抻麵，退而求其次，家人自抻小條麵，供三四人食用沒有問題。用切麵吃炸醬麵，沒聽說過。四色麵碼，一樣也少不得，掐菜、黃瓜絲、蘿蔔纓、芹菜末。二葷鋪裡所謂「小碗乾炸兒」，並不佳，醬太多肉太少。我們家裡曾得高人指點，醬炸到八成之後加茄子丁，或是最後加切成塊的攤雞蛋，其妙處在於盡量在麵上澆醬而不虞太鹹。這是饞人想出來的法子。北平人不分階級沒有不愛吃炸醬麵的。有一時期我家隔壁是左二區，午間隔牆我們可以聽到「忽魯——忽魯」的聲音，那是一群警察先生在吃炸醬麵，「咔嚓」一聲，那是啃大蒜！我有一個妹妹小時患傷寒，中醫認爲已無可救藥，吩咐隨她愛吃什麼都可以，不必再有禁忌，我母親問她想吃什麼，她氣若游絲的說想吃炸醬麵，於是立即做了一小碗給她，吃過之後立刻睜開眼睛坐了起來，過一兩天病霍然而癒。炸醬麵有起死回生之效！

我久已吃不到夠標準的炸醬麵，醬不對，麵不對，麵碼不對，甚至於醋也不對。有些館子裡的夥計，或是烹飪專家，把陽平的「炸」念做去聲炸彈的「炸」聽了就倒胃口，甭說吃了。當然麵有許多作法，只要做得好，怎樣都行。

炸活魚

報載一段新聞：新加坡禁止餐廳製賣一道中國佳肴「炸活魚」。據云：「這道用『北平祕方』烹調出來的佳肴，是一位前來訪問的中國大陸廚師引進新加坡的。即把一條活鯉，去鱗後，把兩鰓以下部分放到油鍋中去炸。炸好的魚在盤中上桌時，魚還會喘氣。」

我不知道北平有這樣的祕方。在北平吃「熗活蝦」的人也不多。杭州西湖樓外樓的一道名菜「熗活蝦」，我是看見過的，我沒敢下箸。從前北平沒有多少像樣的江浙餐館，小小的五芳齋大鴻樓之類，偶爾有熗活蝦應市，北方佬多半不敢領教，但是我見過正陽樓的夥計表演吃活蟹，活生生的一隻大蟹從缸裡取出，硬把蟹殼揭開，吮吸其中的蟹黃蟹白。蟹的八足兩螯亂扎煞！舉起一條歡蹦亂跳的黃河鯉，當著顧客面前往地上一摔，摔得至少半死，這是河南館子的作風，在北平我沒見過這種場面。至於炸活魚，我聽都沒有聽說過。魚的下半截已經炸熟，鰓部猶在一鼓一鼓的喘氣，如果有此可能，看了令人心悸。

我有一次看一家「東洋御料理」的廚師準備一盤龍蝦。從水櫃中撈起一隻懶洋洋的龍蝦，並不「生猛」，略加拂拭之後，咔嚓一下的把蝦頭切下來了，然後剝身上的皮，把肉切成一片片，再把蝦頭蝦尾拼放在盤子裡，蝦頭上的鬚子仍在舞動。這是東洋御料理。他們「切腹」都幹得出來，切一條活龍蝦算得什麼！

日本人愛吃生魚，我覺得吃在嘴裡，軟趴趴的，黏糊糊的，爛糟糟的，不是滋味。我們有時也吃生魚。西湖樓外樓就有「魚生」一道菜，取活魚，切薄片，平鋪在盤子上，澆上少許醬油麻油料酒，嗜之者覺得其味無窮。雲南館子的過橋麵線，少不了一盤生魚片，廣東茶樓的魚生粥，都是把生魚片燙熟了吃。君子遠庖廚，聞其聲不忍食其肉！今所謂「炸活魚」，乃於吃魚肉之外還要欣賞其死亡喘息的痛苦表情，誠不知其是何居心。禁之固宜。不過要說這是北平祕方，如果屬實，也是最近幾十年的新發明。從前的北平人沒有這樣的殘忍。

殘酷，野蠻，不是新鮮事。人性的一部分本來是殘酷野蠻的。我們好幾千年的歷史就記載著許多殘暴不仁的事，諸如漢朝的呂后把戚夫人「斷手足，去眼，熏耳，飲瘖藥，置廁中，稱爲人彘」，更早的紂王時之「膏銅柱，下加之炭，令有罪者行焉，輒墮炭中，妲己笑，名曰炮烙之刑」。殺人不過頭點地，不行，要讓他慢慢死，要他供人一笑，這就是人的窮凶極惡的野蠻。人對人尚且如此，對水族的魚蝦還能手下留情？「北平祕方炸活魚」這種事我寧信其有。生吃活猴腦，有例在前。

西方人的野蠻殘酷一點也不後人。古羅馬圓形戲場之縱獅食人，是萬千觀眾的娛樂節目。天主教會之審判異端火燒活人，認爲是順從天意。西班牙人的鬥牛，一把把的利劍刺上牛背直到牠倒地而死爲止，是舉國若狂的盛大節目。獸食人，人屠獸，同樣的血腥氣十足，相形之下炸活魚又不算怎樣特別殘酷了。

野蠻殘酷的習性深植在人性裡面，經過多年文化陶冶，有時尚不免暴露出來。荀子主性惡，有他一面的道理。他說：「縱性情，安恣睢，而違禮義者爲小人。」炸活魚者，小人哉！

「麥當勞」

麥當勞乃Mac Donald的譯者。麥，有人讀如馬，猶可說也。勞字胡爲乎來哉？N與L不分，令人聽起來好彆扭。

牛肉餅夾圓麵包，在美國也有它的一段變遷史。一九二三年我到美國讀書，窮學生一個，眞是「盤餐市遠無兼味」，尤其是午飯一頓，總是在校園附近一家小店吃牛肉餅夾麵包，但求果腹，不計其他。所謂牛肉餅，小小的薄薄的一片碎肉，在平底鍋上煎得兩面微焦，取一個圓麵包（所謂bun），橫剖爲兩片，抹上牛油，再抹上一層蛋黃醬，把牛肉餅放上去，加兩小片飛薄的酸黃瓜。自己隨意塗上些微酸的芥末醬。這樣的東西，三口兩口便吃掉，很難塡飽中國人的胃，不過價錢便宜，只要一角錢。名字叫做「漢堡格爾」（Hamburger），尚無什麼所謂「麥克唐納」。說食無兼味，似嫌誇張，因爲一個漢堡吃不飽，通常要至少找補一個三文治，三文治的花樣就多了，可以有火腿、肝腸、雞蛋等等之分，價錢也是一角。再加上一杯咖啡，每餐至少要兩角五，總算可以糊口了。

我不能忘記那個小店的老闆娘，她獨自應接顧客，老闆司廚，她很俏麗潑辣，但不幸有個名副其實的獅子鼻。客人叫一份漢堡，她就高喊一聲"One burger!"叫一分熱狗，她就高喊一聲"One dog!"

三十年後我再去美國，那個獅子鼻早已不見了，漢堡依然是流行的快餐，而且以麥克唐納爲其巨擘，自西徂東，無遠弗屆。門前一個大M字樣，那就是他的招牌，他的廣告語是「迄今已賣出幾億幾千萬個漢堡」。特大號的漢堡定名爲Big Mac（大麥克），內容特別豐富，有和麵包直徑一樣大的肉餅，而且是兩片，夾在三片麵包之中，裡面加上生菜、番茄、德國酸菜（Sauerkraut）、牛油蛋黃醬、酸黃瓜，堆起來高高厚厚，櫻桃小口很難一口咬將下去，這樣的豪華漢堡當年是難以想像的，現在價在三元左右。

久住在美國的人都非萬不得已不肯去吃麥克唐納。我卻對它頗有好感，因爲它清潔、價廉、現做現賣。新鮮滾熱，而且簡便可口。我住在西雅圖，有時家裡只剩我和我的外孫在家吃午餐，自己懶得做飯，就由外孫騎腳踏車到附近一家「海爾飛」（Herfy）買三個大型肉餅麵包（Hefty），外孫年輕力壯要吃兩個。再加上兩份炸番薯條，開一個「坎白爾湯」罐頭，一頓午餐十分完美。不一定要「麥當勞」。

在美國最平民化的食物到臺灣會造成轟動，勢有必至理有固然。我們的燒餅油條豆漿，永遠吃不厭，但是看看街邊炸油條打燒餅的師傅，他的裝束，他的渾身上下，他的一切設備，誰敢去光顧！我附近有一家新開的以北方麵食爲號召的小食店，白案子照例設在門外，我親眼看見一位師傅打著赤膊一面和麵一面擤鼻涕。

在臺北本來早有人製賣漢堡，我也嘗試過，我的評語是略爲形似，具體而微。如今眞的「麥當勞」來了，焉得不轟動。我們無需侈言東西文化之異同，就此小事一端，可以窺見優勝劣敗的道理。

說酒

外國人喝酒，往往是站在酒櫃旁邊一杯一杯的往嗓子眼兒裡灌，灌醉了之後是搖搖晃晃的吵架打人，以至於和女人歪纏。中國人喝酒比較文明些，雖然不一定要酒席下酒，至少也要一點花生米豆腐乾之類。從喝酒的態度上來說，中國人無疑的是開化在先。

越是原始的民族，越不能抵抗酒的引誘。大家知道，美洲的紅人，他們認爲酒是很神祕的東西，他們不惜用最珍貴的東西（以至於土地）來換取白人的酒吃。莎士比亞所寫的《暴風雨》一劇中，曾描寫了一個半人半獸的怪物卡力班，他因爲嘗著了酒的滋味，以至於不惜做白人的奴隸，因爲酒的確有令人神往的效力。文明多一點兒的民族，對於酒便能比較的有節制些。我們中國人吃酒之雍容優閒的態度，是幾千年陶煉出來的結果。

一個人能吃多少酒，是不得勉強的，所以酒爲「天祿」。不過喝酒的「量」

和「膽」是兩件事。有膽大於量的，也有量大於膽的。酒膽大的人不是不知道酒醉的苦處，是明知其苦而有不能不放膽大喝的理由在，那理由也許是脆弱得很，但是由他自己看必是嚴重得不得了。對於大膽喝酒的人我們應該寄予他們同情。假如一個人月下獨酌，罄茅臺一瓶，頹然而臥，這個人的心裡不是平靜的，我們可以斷言。他或是憂時憤世，或是懷舊思鄉，或是情場失意，或是身世飄零，總之，必有難言之隱。他放膽呑酒，是想借了酒而逃避現實，這種態度雖然值得我們同情，但是不值得鼓勵。

所謂酒量，那是因人而異的，有的人吃一兩塊糟溜魚片而醺醺然，有的人喝上三兩斤花雕而面不改色。不過眞正大酒量，也不過是三四斤花雕或是一兩瓶白蘭地而已。常聽見人說某人能吃多少酒，數量駭聞，這是靠不住的，這只能證明一件事，證明這個說話的人不會喝酒。只有不知酒味的人才會說張三能喝五斤白乾，李四能喝兩打啤酒。五斤白乾，一下子喝下去，那也不是不可能，因爲二兩鴉片也曾有人一口呑下去。兩打啤酒，一頓喝下去，其結果恐怕那個人嘴裡要噴半天的白沫子罷。

酒喝過量，或哭或笑，或投江或上吊，或在床上翻觔斗，或關起門來打老婆，這都是私人的事，我們管不著。唯有在公共場所，如果想要維持自己原來有的那一點點的體面與身份，則不能不注意所謂「酒德」也者。有酒德的人，不管他的膽如何，量如何，他能不因酒而令人增加對他的討厭。我們中國人無論什麼都喜歡配上四色八色以至十色，現在談起來酒德，我也可以列舉八項缺德：

一是三杯下肚，使酒罵座，自討沒趣，舉座不歡；
二是黏牙倒齒，話似車輪，話既無聊，狀尤可厭；
三是高聲叫囂，張牙舞爪，擾亂治安，震人耳鼓；
四是借酒撒瘋，舉動儇薄，醜態百出，啟人輕視；
五是酒後失常，藉端動武，勝固無榮，敗尤可恥；
六是嘔吐酒食，狼藉滿地，需人服侍，令人掩鼻；
七是……

我想不起了，就算是六項罷。哪一項都要不得。善飲酒的人是得酒趣，而不缺酒德。以上我說的是關於喝酒的話，至於酒的本身，哪一種好，哪一種壞，那另有講究，改日再續談。

特載：

談《雅舍談吃》

梁文薔

《雅舍談吃》出版於一九八五年，其中每篇文字都曾在報刊上發表過。爸爸每發表一篇文章必將剪報隨信附寄給我，讓我先睹為快。所以，等到文集出版時，我反而不去讀它，就束諸高閣了。

七個月前，爸爸溘逝。我晨昏思念，不得解脫，隨手取閱爸爸近年出版書籍。讀爸爸的文章聊可代替他永不再寫給我的家書。

今天一口氣把《雅舍談吃》讀完，引起我許多感觸。過去生活的點點滴滴，都成了辛酸的回憶。我想把這些瑣事記下來，算做對媽爸的懷念。

《雅舍談吃》的作者是梁實秋，內容的一半卻來自程季淑。這一點，我是人證。爸爸自稱是天橋的把式——「淨說不練」。「練」的人是媽媽。否則文中哪來那麼多的靈感以描寫刀法與火候？我們的家庭生活樂趣很大一部分是「吃」。媽媽一生的心血勞力也多半花在「吃」上。所以，俚語「夜壺掉把兒——就剩了嘴兒啦！」是我們生活的寫照，也是自嘲。我們飯後，坐在客廳，喝茶閒聊，話題多半是「吃」。先說當天的菜肴，有何得失。再談改進之道。繼而抱怨菜場貨色不全。然後懷念故都的地道做法如何如何。最後浩嘆一聲，陷於綿綿的一縷鄉思。這樣的傍晚，媽媽爸爸兩人一搭一檔的談著，琴瑟和鳴，十分融洽。

我生不逢時，幼年適值八年抗戰。曾六年在平吃混合麵，兩年在渝吃平價米。勝利還鄉，不及三載，又倉皇南下。及至遷臺，溫飽而已。赴美後，雖進「美食」，卻非美食。一生在「吃」一方面，與爸爸的經驗，迥然不同。但是「聽吃」的經驗卻很豐富。居美三十年，爸媽的家書中不厭其詳的報告宴客菜單，席間趣聞。並對我的烹調術時時加以指點。所以「讀吃」的機會亦很多。若把家書中「寫吃」的段落聚集起來，恐怕比《雅舍談吃》還厚哩！

媽爸談吃，引為樂事。以饞自豪。饞是不可抑止的大慾。爸爸認為饞表示身體健康，生命力強。無可厚非。媽爸常不惜工本，研究解饞之道。我想這是中國文化中很突出的一部分。

爸爸喜歡看孩子「撒歡兒」（意即縱情，為所欲為）。抗戰勝利後，自渝返平，爸爸問我，想吃什麼。我毫不遲疑的說「奶油栗子麵兒」。於是，爸爸帶我們去東安市場國強西餐館樓上，每人要了一大盤。食畢，爸爸說：「再來一盤，吃個夠！」我險些不能終席。那是我最後一次享受這道美味。現在的北平，已不是從前的北平了。「黃鶴高樓已搥碎，黃鶴仙人無所依」矣。

一九六三年，我自美歸寧，媽媽問我想吃什麼。我說：「如得鱔魚一盤，則不虛此行。」媽媽為了我這一句話，費盡心思，百般求購，親自下廚料理，作為歡迎「姑奶奶回娘家」的一道大菜。

不巧，鱔魚剛上桌，甫將就座，大快朵頤之時，門外來了獨行大盜王志孝。等到搶匪遁去，警察偵訊完畢，驚魂略定，想起吃飯，鱔魚已冷。媽媽沒有為這驚天動地的持槍行劫受驚，反而為了沒能及時享受鱔魚懊惱不已。

爸爸特別愛吃烤肉特有的那種煙熏火燎的野味。美國食物中唯一使他垂涎三尺的是美國烤肉（barbecue）。也許是因為美國烤肉類似北平的烤羊肉吧！爸爸晚年每次來美，我們必要盛大準備一次後院的烤肉。爸爸自己吃不多，但是看到家中壯丁們狼吞虎嚥，吃得杯盤狼藉，引為一樂。有一年，爸爸建議我用院中之松塔，加諸煤球上，以增松香。不知是松塔太潮，還是此松非彼松，沒能產生他在青島時「命兒輩到寓所後山，拾松塔盈筐，敷在炭上，松香濃郁」之效果。

爸爸對火腿品質要求甚高。一般臺灣熏製之火腿，常被貶為有「死屍味」，視為下品。逢年過節，有人送禮，常有火腿一色，外表包裝美觀，但打開一看，或有蛆蟲蠢動，或有惡臭撲鼻，無法消受。但棄之又覺不忍。爸爸突生妙計，將之原封掛於牆外電線桿上，謂之「掛高竿」。片刻功夫，即被人取去。如是者數次。媽媽非常反對。爸爸則認為願者上鉤，不傷陰功。此為三十幾年前舊事。現在回想仍覺滑稽突梯。

美國的「佛琴尼亞火腿」甚得爸爸青睞，因其味正。製作方法類似中國古法。相傳是美印地安人所發明，後為白人因襲，相傳至今。炮製方法，自養豬起。豬飼料以花生及橡實（Acorn）為主。屠宰後，將後臀以鹽醃之，冷藏六週，將鹽洗去，塗滿胡椒，懸掛至乾。十天後煙熏。然後掛存一年，俟滿生綠黴，老化適度，即可上市。此法炮製之火腿，包裝亦有古風，用白布口袋包裹，上紮麻繩。高高掛起，識貨者趨之若鶩。近年發明「無骨維琴尼亞熟火腿」，骨、皮、肥肉一概除去，只留精肉，壓成一方，以電鋸切片，按磅購買，十分方便。這是爸爸最歡迎的禮物之一。

媽媽擅長做麵食，舉凡切麵、餃子、薄餅、發麵餅、包子、蔥油餅，以至「片兒湯」、「撥魚兒」都是拿手。做麵食最難的是麵團的處理。媽媽和麵、醱麵全是藝術。每次加水份量，水溫高低，揉麵時間，加鹼多少，全無紀錄。一切靠觸覺、視覺、嗅覺、直覺而定。無怪乎訓練一個新傭人做飯需時經年。這種純藝術之烹調，經常成功。若有失誤，媽媽則怒氣沖天，引咎自責。其實還是滿好吃的，何必嘔氣！

爸爸在廚房，百無一用。但是吃餃子的時候，爸爸就會拋筆揮杖（擀麵杖），下廚助陣。爸爸自認是擀皮專家。餃皮要「中心稍厚，邊緣稍薄」。這項原則，媽媽完全同意。但是厚薄程度，從未同意過。為此，每次均起勃谿。媽媽嫌爸爸的餃子皮中間過厚。我則從中調解，用掌將中心厚處壓平。我赴美後，不知道小小問題是如何解決的。爸爸下廚是玩票，喜歡用擀麵杖在麵板上敲打「咚，的咚咚，一咚咚」有板有眼，情趣盎然。若偶一掌杓，響杓之聲，震耳欲聾，全家大樂。

做麵食比做飯食費時費事。如果不用成品，為六口之家做一頓餃子，費時三五小時，不足為奇。飯後滿頭、滿臉、滿身、滿腳、滿桌、滿地的麵粉，自不待話下。自我赴美後三十年，沒做過餃子。改食簡易餛飩，採用現成皮，機絞肉。自進廚房到餛飩下鍋，一小時完工。餛飩湯也免了。改用白開水。小孩子怕燙，用自來水。桌上擺滿佐料，自由取用，自製高湯，皆大歡喜。這種毫無文化的吃法自為爸媽所不取。一九七二年接爸媽來美同住。衣、食、住、行、育、樂六項，惟「食」字自恃無法承歡。言明在先。爸媽心理早有準備。但一日三餐，積年累月，問題日趨嚴重。爸媽修養好，心疼我，從未表示過，我的少油多菜的營養餐難以下嚥。但是，我心裡有數。爸媽的飲食成為我心中一大負擔。兩年後，媽媽去世，我更為此事愧疚不已。美式生活，一人時間精力有限，廚娘乎？教授乎？園丁乎？保母乎？司機乎？……天下事，古難全。

媽媽故後，餃子對爸爸又多了一層意義。「今晚××請吃餃子。這又犯了我的忌諱。因為我曾問過媽，若回臺灣小住，妳最想吃什麼，她說自己包餃子吃。如今我每次吃餃子，就心如刀割。」這是一九七六年一月，爸爸信中的一段。往者已矣。不堪吃餃子的，豈止爸爸一人？

媽媽在抗戰勝利後，返平定居期間，曾在女青年會習烹調。家庭主婦學做菜，天經地義，誰也攔不住。這是媽媽婚後生活的一項重要獨立活動。爸爸在〈炸丸子〉一文中提到的蓑衣丸子，就是在這段期間學會的。

媽爸都喜歡吃「油大」（川語）。最可怕的莫過於北平燒鴨。皮下的那一股「水」，事實上是一口油！我每次回臺，媽爸必饗以燒鴨。我不忍掃興，但只能吃一、二片純皮和瘦肉，然後猛吃豆芽。媽媽做獅子頭要「七分瘦，三分肥」，韭菜簍的餡兒要「拌上切碎了的生板油丁。蒸好之後，脂油半融半凝，呈晶瑩的碎渣狀……」。我就是吃這種伙食長大的，讀《雅舍談吃》如重度童年。記得，我小時趁爸媽不注意時，就把那「晶瑩的碎渣」偷偷的扔掉。

爸爸形容吃熗活蝦、吞活蟹，嚇煞人。我記得家姐文茜即精於此道。我最無能，不但不敢吃任何會動的東西，連聽到螃蟹在籠屜中做臨死的掙扎，我亦不忍。再美佳肴也無心享受了。罪過！罪過！這並不是說，我比別人更有仁心。只是習慣問題。別人屠宰好的雞鴨魚肉，我是照吃無誤。並不傷感。

我在臺大時讀農化系，主修食品化學，赴美後轉業營養學。對飲食自另有一套見解，與媽爸之「美食主義」格格不入。我所奉為圭臬的是營養保健。廚房操作，實行「新、速、實、簡」，與媽媽的「色、香、味、聲」四大原則，常背道而馳。爸爸雖半生放恣口腹之慾，到壯年患糖尿、膽石之後，卻從善如流。對運動，戒烟、酒，及營養學原理全盤接受。在實行上雖偶有困難，從整體上看來，其晚年之健康，實得益於中年以後生活方式之改善。

——原載七十七年六月二十六日《中國時報》人間副刊

（梁文薔女士，梁實秋先生與程季淑女士的幼女，生於青島，長於北平。臺灣大學農業化學系畢，一九五八年赴美進修，獲伊利諾大學食品營養學碩士，華盛頓大學高等教育博士。曾任大學營養學教授，一九九九年退休。著有《梁實秋與程季淑：我的父親母親。）

附錄一：

用生命刻畫的美食散文

Elish

之前偶然買下《雅舍談吃》這本書，其實早在國中時代就已經看過了，但卻一直沒有認真想過要收。前陣子在舊書店看到，書況也不錯，所以就買了下來。

我真的是很愛飲食散文這種東西，所以我家有全套唐魯孫（爸，謝謝你），猛祈禱快出的費雪（希望只是慢），露絲・雷克爾的自傳與其編輯的美食散文集（有沒有人要續出她的作品？），安東尼波恩的大廚系列，以及各種美食散文集。

對我來說，好看的美食散文集是要用生命去刻畫，而不是單純說明味道而已。沒有背後的回憶，食物要如何走上至高之境？仔細想想，我喜歡看美食散文的原因，或許是愛上了文後那股蒼涼的幸福味吧。

沒有足夠的生命歷程，就無法寫出好的美食散文，這是我的偏見。好的美食散文，除了可以勾動讀者的食慾外，還可以讓閱讀的人共同體驗到生命的片段，一同歡喜感傷，這也是美食之所以為美食的原因。

也因為這樣，有些作者往往只要前幾本、甚或只有第一本美食散文集好看，再來不是老調重談，要不就失去靈魂了。

而這本《雅舍談吃》，如無意外（就是假如我不是眼界太淺薄的話），應該是梁實秋先生唯一的美食散文集吧。內文以食材做題目，講述梁實秋先生有關於此食材的回憶，內容豐富、講述又清楚。

他很少正面描述食物味道，但光看那些敘述就可以開始想像那滋味。文風非常清淡，就像在講家常話般，把自己知道的事與回憶，一件件講出來。其實這和周作人的散文《故鄉的野菜》有異曲同工之妙。

嘴上不說懷鄉，但字裡行間所訴者全是故鄉，乍看之下只是講講過去的回憶與知識，但對過往時光的思念卻從字裡行間濃濃地散了開來，無法忽略。《雅舍談吃》這本書，不僅讓人看見美食、看見感情，也看見生命。

梁實秋的文字典雅雋永，用字淺顯，但總能把意思表現得很清楚。相對於這種筆風，另一個美食散文家唐魯孫先生就不一樣了。他時常直接描述味道與菜肴外觀，用字之艱澀，就連常跑出怪字的電腦輸入法也打不出來。

但由此也可看出今昔出版社的敬業程度，舊版本不管是多麻煩的字，造也會跟你造出來，絕不會打馬虎眼。但新版就不一樣了，遇上打不出來的字，空格跟亂碼直接送上，不禁令人大感嘆息，今非昔比。

若說唐魯孫形容美食的文字是濃豔，那梁實秋就是清雅，兩種各有其優點，重點是都很好看。而《雅舍談吃》這本書內的文章都不長，總是在四頁內就把一個主題結束，但典故、敘述、回憶和情感照樣俱備，正符合麻雀雖小，五臟俱全這句話。

由於講述舊中國美食的作品已經多如繁星，我再一件件重複也沒有意思，大伙兒請自己找來看吧。時常在想，對中國文化來說，民初那些未遭戰火內亂毀滅的舊文化，或許正像美國南方在內戰前的往日時光吧。

有很多陰暗的地方，但優美的事物當然更是不勝枚舉。每當看到這批終其一生都沒再回去的老作家文字（就算回去，也不是了），就能深刻的體會到，文化與文明這種東西究竟有多薄弱，短短幾十年間，可以將幾千年的累積毀於一旦。

此外，看老作家的作品時，常常會瞄到些讓人心嚮神往的片段，諸如前些日子遇到徐志摩啦、在家裡玩升官圖碰巧袁寒雲來串門子等各種讓人興奮的小故事。那果然是個奇妙的年代啊。

此外，要提提書中抽動我感覺的一個短短敘述，但不是出於正文，而是梁實秋之女梁文薔所寫的附錄，摘自其父家書中的一小句。

「今晚××請吃餃子。這又犯了我的忌諱。因為我曾問過媽，若回臺灣小住，妳最想吃什麼，她說自己包餃子吃。如今我每次吃餃子，就心如刀割。」信件中簡簡單單的一個日常描述，就把無比深刻的情感都包含在裡面，讓人感動不已。

好書可以跨越時代而存續下去，我想這《雅舍談吃》亦是其中一員。

（Elish，部落格「elish的蘇哈地」版主。）

附錄二：

美味到讀者心坎裡的飲食文學

李偉涵

旅行或出差，要帶上飛機與異地的伴行讀物，實在是不好選。選小說，若沒有每天固定的攝取量的話，你對這故事就沒有很投入的深刻感覺。選散文、小品文，似乎是剛剛好，可主題又不希望是沉重的、迂繞的、意識流的、看不懂的，最好是輕鬆的、符合旅行的輕便。

七月下半旬，要跟公司去香港書展參展，就是遇到了這個選擇難題。站在書櫃前選啊選的，猶豫了好久。最後，決定，就是這本梁老先生的《雅舍談吃》隨我伴行。每篇的文章分量剛好，即使因故中斷閱讀也不會銜接不上，也正好香港亦是個享受美食的地方，這個主題扣合得正是完美——嘴巴被書弄得犯饞時，可以趕快找個雲吞麵、蛋塔、芝麻糊消一消。

我手上的這本《雅舍談吃》是九歌二〇〇九年七月增訂的新版，開本與編排不再侷促，每篇配上色澤溫潤、頗有懷鄉風味的插圖，讓這本書握在手上的質感更好。

梁老先生的談吃已相當有名，從國小認字開始就常聽說他很懂得吃蟹，吃蟹的祕訣都寫在這本談吃裡。他寫吃、寫廚的文字文雅而簡潔，投入這文字營造出的色香味之同時，也不禁感佩他的「博吃」，就和老學究的博學與鑽研學問一樣，同等級的堅持精神。即使隔著一層紙，讓我們只能看、吃喝不著，甚至梁老先生本人可能自己也沒有試過那道佳餚，但一切雖僅止於聽聞中，卻也已教人感到過癮、心癢難耐。

不過這過癮與心癢難耐的感受，卻是限於閱讀當下的，相當短暫。大概過後一兩個小時，腦裡的幻象就會開始減弱，弱到你的味蕾淡而無味，那幾道當初讓你飢腸轆轆的菜餚僅剩下個線條輪廓，吃的感覺、聞的感覺、看的感覺，全不見了。我覺得這是看完所有飲食書都會發起的副作用，因為你並沒有真正地去吃它、體驗它，你對於它的印象僅限於文字的抽象，就像人生幾個重要的經歷一樣，不親自體會一下，說出來的感受總是橫著一層假膜。我想，若是依著本書去按圖索驥，把所有菜餚都給它大江南北吃過一遭（就像我對舒國治先生的《台北小吃札記》做過的那樣。瞧，我到現在還記得舒國治先生如何形容那些美食的），那些味道才會真正的立體、醇厚起來，到刻骨銘心的地步。

所以，若是背後沒有更豐厚的知識、文化，或是極具深刻的感情來撐持，那麼這類的飲食書寫就是真的淡而無味了。即使印刷全彩、裝訂精美，攝影讓每道佳餚看起來都可口至極，但它還是美味不到讀者的心坎裡去（更別說某些人的行文甚至還不到「說到讀者的心坎裡去」的火候）。這大概也是書市有那麼多飲食書，卻少有經典樹立，汰舊換新也很快的緣故。

但梁老先生的《雅舍談吃》能傳頌如此久遠（它初版時在我出生前七個月），成為一部值得出版社再版、增訂、重新包裝的經典書籍，大抵就是它除了吃以外，它有更值得讀者去體會、封存的一種時代的記憶、味蕾的鄉愁。若要我用幾個大特色來說這本書，我會用兩個特色來介紹：一是充滿京味的日常生活之回憶（像《城南舊事》的另一種形式與面向的書寫）；二是古都老北平對吃的一種古舊卻優雅、現今可能再也感受不到的老傳統。而那些令人瞠目結舌的佳餚，倒只是閱讀過程的一種娛樂，也多虧梁老先生下筆的力道總有股懷舊、鄉愁的滋味，也無形中給這些紙面上的食物增添了幾番雋永的味道。因為故鄉的菜、母親的手藝總是最好，這我相信。

至於對於北平老餐館的介紹，其實統合來看，會發現其分量是和那些佳餚的篇幅等同的，講到佳餚，必定會講到那些飯館子的活動。由此也可看出，或許梁老先生主意要寫的根本不是那些菜，而是這些老餐館林林總總的文化樣貌，以及京城人「如何」吃，不是京城人吃「什麼」。因此，《雅舍談吃》所呈現最出色的，便是以「吃」作為引線，然後逐步勾畫出老北平人的一種生活美學。

如此優雅、富於品味的北京，如今大概已找不到了吧！如此，《雅舍談吃》就必須是一部經典，好為後代封存這樣優雅品味的記憶。它是一部用悠悠歲月熬出來的好書。

（李偉涵，一九八五年生，東吳大學中文系畢業，文編、美編、小說家、讀者的集合體。）

附錄三：

雲和街十一號

陳素芳

繼胡適、錢穆、殷海光、林語堂之後，坐落於雲和街十一號的「梁實秋故居」在二〇一一年十月底正式對外開放，成為臺北市第五座文學家故居。

自一九四九年來臺，梁先生在臺北先後住過德惠街、雲和街、安東街、辛亥路與四維路。馳名四方的《雅舍小品》除了第一集完成於重慶北碚，其餘三集均寫於臺北，從大陸到臺灣前後三十八年，他以一人之力完成莎士比亞全集四十冊的翻譯，主編的遠東英漢字典是學子必備的英語學習工具，集散文家、翻譯家與教育家於一身，他棲身之處都有他燈下閱讀振筆疾書的身影，只可惜多數均已拆遷不復當年樣貌。雲和街十一號經復舊修繕後，是目前保存最完整的一棟宅邸。這棟建於一九三二年的日式宿舍，與現今車水馬龍的師大夜市僅一路之隔，庭中碩大的麵包樹依然挺立，六十年前，梁先生任教於師大英語系時曾在此處住了七年，經常在樹蔭下乘涼。

對臺灣讀者而言，梁實秋的名字既熟悉又遙遠。對我而言，梁先生是我文學編輯生涯裡唯一接觸到的五四人物。梁先生長壽，耄耋之年筆耕不輟，晚年的作品幾乎都在九歌出版。

上世紀七〇年代，是臺灣報業副刊的黃金時代，《中國時報》、《聯合報》兩大報發行量廣，稿費高，夾雜在兩大報之間，時任《中華日報》副刊主編的蔡文甫，為爭取梁實秋這樣重量級的作家，煞費周章，他先請梁先生高足余光中引見，當面約稿，幾次往返，梁先生見他邀稿至誠，就親手把幾篇〈四宜軒雜記〉稿件交由《中華日報》發表，蔡文甫不一次刊登，而改採〈四宜軒雜記〉專欄形式，每週發表一篇。梁先生見後，笑著大呼上當，說他一輩子未寫過專欄，既已開了頭，就在《中華日報》固定寫稿。此舉引來兩大報主事者心急，開始展開人情攻勢；為了顧及情誼，梁先生每次投稿，總是要寫好三篇同時投進郵筒，以示不分軒輊。在梁先生過世前幾年，蔡文甫每月邀集作家與梁先生夫婦小聚，梁先生總會帶稿與會，積稿成書，蔡文甫創辦出版社，就將作品交由他出版。

閱讀梁先生作品，總讓我覺得時光悠悠，只見胡適、聞一多、徐志摩、潘光旦、羅肇基、吳宓等文學史上的人物，從三〇年代走來，談笑風生，雄辯滔滔。我尤愛他筆下各種人生況味，一九八七年五月，九歌重新出版他一九二九年新月書店版的《潘彼得》譯本。在梁先生龐大的譯事工程裡，這本兒童文學只是小品，一甲子後他親自校對舊譯，並附上後記，撫今追昔，交代一本譯作的身世，從喪亂流離的青壯年代到距五代同堂不遠的暮年，逝者如斯，對照著象徵青春永恆的潘彼得，他感慨系之：「潘彼得，你離我越來越遠了。」

《潘彼得》後記是梁先生的最後一篇文章，是他在文學長河裡留下的天鵝之歌。薄薄的三頁手稿是我的珍藏，每次展閱，總讓我想起一句鋼筆的廣告詞：「最後一筆都是完美」。

一九八七年，余光中籌畫梁先生祝壽文集，準備在他八十七華誕時當面獻書，並已擬妥「秋之頌」、「碩果秋收」二書名。當我們接到梁先生十一月一日親筆函屬意前者，正擬向余先生報告，卻在三日當天接獲梁先生過世的噩耗。

祝壽文集成了哀悼專書，余先生當面獻書不成，只能在梁先生墓前焚寄。

（陳素芳，九歌出版社總編輯。）

九　歌　文　庫　1　3　1　9

雅舍談吃

國家圖書館出版品預行編目 (CIP) 資料

雅舍談吃 / 梁實秋著 . -- 經典新版 . --
臺北市 : 九歌 , 2019・12
面；　公分 . -- (九歌文庫；1319)
ISBN 978-986-450-268-4 (平裝)

863.55　　108018767

作　　者——梁實秋
創 辦 人——蔡文甫
發 行 人——蔡澤玉
出版發行——九歌出版社有限公司
臺北市 105 八德路 3 段 12 巷 57 弄 40 號
電話／ 25776564 傳真／ 25789205
郵政劃撥／ 0112295-1

九歌文學網　www.chiuko.com.tw

印　　刷——晨捷印製股份有限公司
法律顧問——龍躍天律師・蕭雄淋律師・董安丹律師
初　　版——1985 年 1 月 10 日
經典新版——2019 年 12 月
經典新版 2 印——2020 年 12 月
定　　價——300 元
書　　號——F1319
I S B N——978-986-450-268-4